Libro de mal amor

Fernando Iwasaki

SERIE ROJA

ALFAGUARA

LIBRO DE MAL AMOR

© 2000, Fernando Iwasaki Cauti
© De esta edición:
  2006, Santillana S.A.
  Av. Primavera 2160, Santiago de Surco
  Lima 33, Perú

ISBN: 9972-232-25-5
Hecho el Depósito Legal en la Biblioteca Nacional del Perú N° 2006-8883
Registro de Proyecto Editorial N° 31501400600644

Primera edición: octubre 2006
Tiraje: 6 500 ejemplares

Impreso en el Perú - Printed in Peru
Metrocolor S.A.
Los Gorriones 350, Lima 9 - Perú

Estudio crítico y notas: Ricardo González Vigil

Dirección editorial: Mercedes González
Edición: Ana Loli
Diseño de cubierta: Sandro Guerrero
Diagramación: Patricia Soria

El Grupo**Santillana** edita en:
• España • Argentina • Bolivia • Brasil • Colombia • Costa Rica
• Chile • Ecuador • El Salvador • EE. UU. • Guatemala • Honduras
• México • Panamá • Paraguay • Perú • Portugal • Puerto Rico
• República Dominicana • Uruguay • Venezuela

Libro de mal amor

Fernando Iwasaki

Estudio y notas de: **Ricardo González Vigil**

SERIE ROJA

ALFAGUARA

[Justificación de inexistencia]

(o Prólogo a la presente edición)

La gente cree que el amor nació cuando la primera pareja de *homo-sapiens* decidió vivir en la misma cueva. Puede ser. Sin embargo, a mí me parece que el amor nació la primera vez que una *homo-sapiens* le dijo que no a otro *homo-sapiens*. Acaso así aparecieron los regalos, las serenatas, los piropos y hasta las pinturas rupestres. Quizá el primer poema. El *homo-sapiens* no lo *sapiens*, pero está enamorado y no *sapiens* qué hacer. Medio millón de años más tarde la incertidumbre es la misma.

Sin embargo, uno cree en la evolución e intuye que algo hemos avanzado, porque ahora somos capaces de reírnos de nuestras propias calabazas y papelones. Si el amor fuera un drama solo consistiría en un acto que no voy a nombrar, pero como es una comedia le caben todos los actos posibles y varias repeticiones del innombrable. Así, a mí me hace ilusión pensar que *Libro de mal amor* dejó de existir en las librerías precisamente por predicar el humor al prójimo.

¿Y el humor es autoayuda o literatura?, se preguntan los profundos y los solemnes. En la égloga octava de Virgilio hay un verso memorable que es ambas cosas: *Mopso Nysa datur: quid non speremus amantes?* ("Si Nisa va a casarse con Mopso, ¿hay algo que los amantes no podamos esperar?"). Para nosotros solo es literatura, pero para todos los que se quedaron con las ganas de casarse con Nisa, aquel verso de Virgilio fue la mejor autoayuda.

Aunque —¡ojo al manojo!— si Mopso no era guapo, ni rico, ni interesante; seguro que al menos haría reír a Nisa. Por eso esta novela quiere ser una declaración de humor: porque mientras hay risa, hay esperanza.

F. I. C.
Sevilla, primavera de 2006

A Marle,
que era inalcanzable y se dejó alcanzar.

Libro de mal amor

Maravilleme mucho, desque en ello pensé,
de cómo en servir dueñas todo tiempo non cansé:
mucho las guardé siempre, nunca me alabé,
¿quál fue la raçón negra porque non recabdé?

JUAN RUIZ, ARCIPRESTE DE HITA

Si muero sin conocerte, no muero,
porque no he vivido.

LUIS CERNUDA

Who knows how long I've loved you,
You know I love you still.
Will I wait a lonely lifetime,
If you want me to I will.

LENNON & MC CARTNEY

A veces nos devuelven los sueños el que fuimos.
Más allá del deseo o la nostalgia
recorremos entonces una rara región,
presentida a la vez que muy extraña,
y nos visitan rostros que alguna vez amamos.

ABELARDO LINARES

Qué no daría yo por la memoria
De que me hubieras dicho que me querías
Y de no haber dormido hasta la aurora,
Desgarrado y feliz.

JORGE LUIS BORGES

Proemio

Como habrá advertido el concienzudo lector, este libro debe su título a aquel donde el venerable arcipreste nos reveló "algunas maneras e maestrías e sotilezas engañosas del loco amor del mundo, que usan algunos para pecar", aunque sus páginas demuestren que nunca fui alumno aventajado del arcediano de Hita. En realidad, durante varios años creí que el *Libro de buen amor* era una suerte de infalible manual para enamorar, hasta que el miedo y las calabazas me convencieron de lo contrario. Los aforismos de Juan Ruiz no son universales, pero versos como los siguientes han permitido que los clérigos galantes se sumen a esa envidiable especie de Donjuanes, Casanovas y Rubirosas[1].

---

[1] Famosos amantes de numerosas mujeres: el personaje Don Juan Tenorio, el libertino italiano Giacomo Casanova (1725-1798) y el mujeriego (dedicado a la "dolce vita") dominicano Porfirio Rubirosa (1904-1966).

Muger e liebre seguida, mucho corrida, conquista,
pierde el entendimiento, çiega e pierde la vista.

Con el tiempo descubrí que los tímidos varones no teníamos por qué tomar la iniciativa, ser caballeros de fina estampa[2] o dirigir la seducción, ya que los seres humanos —hombres y mujeres— nos dividimos en dos grandes grupos: los *conquistadores* y los *conquistables*. Yo fracasé como *conquistador* porque soy *conquistable*, y por eso hice achaque de industria en mi naturaleza, pues como dice Gracián[3], el artificio a lo malo socorre y a lo bueno perfecciona.

Sin embargo, mi memoria vive poblada por mujeres inaccesibles —más duras que mármol a mis quejas[4]— a quienes solo me atreví a hablarles en sueños como hacía Teresa de Ávila[5] con los tronos. Ahora, finalmente he reunido el valor de dirigirme a ellas por escrito, mas no para ajustar cuentas pendientes, sino para que el *conquistable* prevenido tome nota de mis papelones y ríase la gente de cómo anduve yo

---

[2] Una canción criolla de Chabuca Granda (1920-1983) ensalza al "Caballero de fina estampa".

[3] Baltasar Gracián (1601-1658), importante conceptista del Siglo de Oro español.

[4] *más dura que mármol a mis quejas*: verso del poeta español Garcilaso (1501-1536), dedicado a la amada fría y desdeñosa.

[5] Teresa de Ávila: la mística carmelita Santa Teresa de Jesús (1515-1582).

caliente[6]. Así, en lugar de reducir este *Libro de mal amor* a un exorcismo de mis demonios, lo he convertido en una conjuración de ángeles[7].

Abre los ojos, incauto lector, y no des crédito a versos de curas doñeadores, pues no es cierto que a la mujer, guapa o fea, "los doñeos la vençen por muy brava que sea".

F. I. C.

---

[6] *ríase la gente de cómo anduve yo caliente*: reelaboración del estribillo de una de las letrillas más famosas del poeta español Luis de Góngora (1561-1627): "Ándeme yo caliente / y ríase la gente". En Góngora "caliente" alude a estar cómodo, protegido del hambre y el frío, frente a lo cual no le importa la opinión ajena. Iwasaki le da el sentido de estar enamorado, excitado sexualmente.

[7] Se alude a la teoría de la novela del escritor peruano Mario Vargas Llosa (Arequipa, 1936), según la cual al escribir el narrador "exorciza" cuestiones que han herido su sensibilidad (que lo obseden como "demonios"), nacidas de experiencias de frustación y desencanto en el mundo real. Como las frustaciones de Iwasaki son amorosas, causadas por amadas idealizadas, no se trata de "demonios", sino de "ángeles" (eso remite a cómo los poetas toscanos del siglo XIV llamaban a la amada *donna angelicata*, 'señora angelical', en tanto un ángel es un mensajero del Cielo).

Carmen

El amor faz sotil al omne que es rudo,
fázele fablar fermoso al que antes es mudo;
al omne que es covarde fázelo muy atrevudo,
al perezoso faze ser presto e agudo.

Libro de buen amor, 156

Playa Hondable debió ser una antigua zona de ejercicios de desembarco antes que el ejército peruano la transformara en un balneario de oficiales, pues aquel soñoliento lugar de veraneo estaba rodeado por ásperos campos de maniobras, grises polígonos de tiro, huecas trincheras abandonadas, discretas unidades de la división de operaciones anfibias y ruidosas bases aéreas desde donde los avioneros tiroteaban a los desprevenidos lobos marinos. Cualquiera que hubiera intentado tomar ese árido trozo de costa habría sido aniquilado desde la herradura que formaban los acantilados, y quizá por eso mismo dejó de ser escenario de los juegos de guerra criollos: ningún enemigo sería tan suicida como para intentar desembarcar en semejante ratonera. Sin embargo, yo elegí ese inaccesible paraje para librar mis primeras escaramuzas amorosas.

A principios de los setenta, mi padre comenzó a alquilar cada verano un pequeño *bungalow* en el que —para desesperación de mamá— toda la tribu se hacinaba en dos sofocantes cuartitos. El entorno castrense de Playa Hondable le imprimía un régimen cuartelario a esas vacaciones, ya que los servicios de restaurante y cafetería tenían horarios draconianos y las luces de las instalaciones sociales y recreativas —donde estaba el único televisor— se apagaban a la hora de la Cenicienta[8]. En ese momento los disciplinados veraneantes subíamos a paso ligero las empinadas e interminables rampas que conducían a los chalecitos, condenados a repetir al día siguiente la monótona rutina cotidiana.

Mientras las chicas me fueron indiferentes sobrellevé muy bien aquellas marciales vacaciones, pero con nueve años cumplidos[9] comencé a sentir por ellas una extraña fascinación que me hizo odiar los cortes de luz, la vigilancia nocturna y la perentoria obligación de comer en familia. Su proximidad me producía una sensación

---

[8] A las doce de la noche.
[9] A los 9 años Dante, según su *Vida Nueva*, contempló por primera vez a Beatriz y se enamoró de ella.

inexplicable, entre congoja y curiosidad, semejante al hormigueo que experimentaba cuando veía a Ginger en *La isla de Gilligan*, a la 99 del *Súper Agente 86* o a esas felinas marcianas que intentaban seducir al Capitán Kirk[10]. Algunas de las chicas que acudían a la sala de *ping-pong* se sentaban a cenar en grupo y yo rezaba para que me reconocieran y me invitaran a comer con ellas ("¿Tú eres el que jugó esta mañana? Ven con nosotras"), mas nunca se produjo el milagro. Entonces decidí llamar su atención.

Primero mejoré el saque, de modo que los contrincantes quedaran a merced de mis lanzamientos. Luego aprendí a matar a la japonesa, con un golpe de revés invertido; a utilizar la defensa china, neutralizando los mates con golpes de efecto y, por último, a contraatacar a la tailandesa, devolviendo con un resto fulminante los mates enemigos. Estaba seguro de que la violencia y la rapidez, unidas a la concentración y a una onomatopéyica ofensiva asiática plena de reflejos, hechizarían a esas niñas curiosas a quienes me moría por conocer. Así, después de humillar a un rival, por fin una de ellas tomó la raqueta y me preguntó muy coqueta: "¿Jugamos?". Hice una falsa mueca de fastidio y peloteamos unos minutos entre sus chillidos de disfuerzo y mis brincos bruceleenianos[11], mas fui

---

[10] Personajes de series de televisión.
[11] Bruce Lee es el luchador de karate más popular del cine.

una bestia temeraria y no soporté la tentación de meterle un bazucazo coreano que se le incrustó en un ojo. Aquel verano ninguna chica me hizo caso, pero al menos ya sabían que existía ("¡Aaaj! Ahí viene *Eddie Monster*[12]", y se iban corriendo).

Al año siguiente me enamoré hasta los tuétanos de una niña llamada Marisol, pero a su lado me sentía torpe, aburrido y patoso. Además, a Marisol la cortejaban otros chicos mayores que yo y que por lo mismo le atraían más. Creo que nunca le dirigí una palabra, limitándome tan solo a observarla y a preguntarme qué vería en esos tipos que eran más fuertes, más altos, más seguros de sí mismos y que, además, fumaban, jugaban vóley, estacionaban los coches de sus padres e incluso bebían algún *Cuba Libre* a escondidas. Lo averigüé la última noche, durante la fiesta de despedida de la temporada. Marisol bailaba con todo el mundo y yo me sentía tan pasmarote que ni siquiera pude sostenerle una mirada suplicante. En eso empezaron a oírse las primeras canciones de *Bread* y asumí que más valía morir en el intento, así que me armé de valor y la saqué a bailar. Recuerdo que resopló con desgano y enfilamos hacia la pista, pero no llevábamos ni dos minutos bailando cuando las carcajadas retumbaron en el salón. Como solo había visto bailar a los personajes de los dibujos, tenía mi mano

Fernando Iwasaki

---

[12] De la serie de televisión "Los Monster".

izquierda en su hombro y la derecha extendida cogiéndole la mano, mientras movía la cadera como si meneara el famoso *guatusi* de Pedro Picapiedra. Marisol se fue a su silla y yo a mi cama. Ese verano también se habló de mí.

Nunca como entonces me preparé tanto para unas vacaciones: aprendí a bailar y a tragarme el humo de los cigarros, practiqué vóley y paleta playera y, finalmente, conseguí que mi padre me dejara encender el viejo Ford Falcon. Pero el verano se acercaba y un día mamá encontró un pretexto irrefutable para no ir a Playa Hondable: los zancudos y mosquitos picotearían golosos a mi hermano recién nacido. Si mamá no iba tampoco irían mis hermanas y todos mis sueños se habrían ido al traste; mas papá decidió que Gonzalo, Miguel y yo ocupáramos el *bungalow* durante el verano para que el resto de la familia pudiera disfrutarlo los fines de semana. Mejor no podía haber resultado.

Desde los primeros días de enero fuimos los reyes de la estación, ya que podíamos hacer lo que nos diera la gana sin padecer la represión familiar como los demás chicos. Nuestro *bungalow* fue "territorio liberado" durante la alta noche, y en una de esas fiestas adolescentes conocí a Carmen. Era morena, delgada, con unos labios a punto de estallar y hermosas cejas como pétalos negros, que coronaban unos ojos que me recordaban a las diosas de *La Ilíada*[13]. Pero Carmen tenía trece años y yo ni siquiera había cumplido los doce, de modo que tuve que resignarme a soñar que la salvaba de ahogarse en la piscina y que después le cantaba canciones de Nino Bravo[14].

Nuestra pandilla era de lo más despareja, porque nos unían el aburrimiento y esas contradictorias pasiones de los años pavícolas que afligen mucho pero entretienen una barbaridad. Así, a Mario —el hermano mayor de Carmen— le gustaba Roxana —que tendría unos dieciocho años y era hija de un general—, mas ella no le hacía caso porque eran de la misma edad. A su vez, Mario no se daba cuenta de que Rosario —la hermana menor de Roxana— se moría por sus huesos, quizá porque sus escasos quince años le resultaban insignificantes. Por contra, Nicolás y Gonzalo —ambos de catorce— solo vivían pendientes de torcer la desabrida indiferencia que les profesaba Rosario, cuyos olímpicos desaires solo eran comparables a los inútiles esfuerzos de —¡ay!— Carmen por atraerles con los sencillos encantos de sus trece años. Desde la ridícula insignificancia de mis once, me contentaba fantaseando tarzanescas y melodiosas aventuras junto a la perezosa piscina de Playa Hondable.

Fernando Iwasaki

---

[13] *La Ilíada*: una de las dos epopeyas homéricas.
[14] Baladista español muy popular.

Así transcurrió la primera semana de aquel verano, sin que nadie hiciera progresos notables en sus respectivas empresas sentimentales, hasta que Mario dio con la tecla que activó alguna fibra sensible de Roxana y de paso las precoces glándulas de todo el grupo: las historias de terror. Contarlas requería de una nocturna liturgia que oficiábamos al atardecer y que alcanzaba su clímax en la medianoche, cuando la luz de las velas operaba el hechizo de abolir la oscuridad que nos imponía el corte del fluido eléctrico. Entonces nos sentábamos en círculo y compartíamos tétricos relatos poblados de espíritus, cadenas, embrujos y pactos de ultratumba, que culminaban al amanecer entre achuchones y temblores que nos obligaban a acompañar a las chicas a sus *bungalows*, y después a regresar corriendo para no toparnos con el soldado sin cabeza.

Pronto advertí que Carmen tenía una indescifrable debilidad por aquellas fábulas macabras, y procuré sentarme a su lado para sacarle todo el provecho posible a sus explosivos terrores infantiles, que a veces me sorprendían en forma de pellizcos y otras como indefensa mano que pavorida encontraba refugio en la mía. Fui feliz mientras duraron los relatos más novedosos y espeluznantes, pero cuando las historias empezaron a repetirse Carmen dejó de tener miedo y ya no permitía que le abrigara sus dedos temblorosos como cachorros. Recuerdo que habíamos contado la diabólica leyenda de la Casa Matusita, el terrible cuento de la monja del Hospital Loayza y varias versiones de la vieja historia de "la chica que hacía *auto-stop* y que se llevó la casaca del chico que la recogió y que después descubrió que la chica había muerto y encontró su casaca sobre la tumba de la chica", y por eso resolví que era el momento de remozar el género y reemprender la conquista de ese pulpo tierno y cariñoso que era para mí la mano de Carmen.

Primero urdí sepulcrales patrañas ambientadas en cuarteles de provincias, salpicándolas de testimonios apócrifos y comprometiendo a alguno de los soldaditos que patrullaban por los alrededores. Luego probé fortuna con los episodios de ahogados que volvían del Más Allá para recoger sus pasos, y hasta inventé un fantasma que chocarreaba resentido entre los chalecitos de Playa Hondable, contribuyendo así a electrizar todavía más la atmósfera de nuestro cenáculo esotérico. Pero fueron las terroríficas historias de la casa de mi abuela —un decrépito caserón de Lince que mi enamorada imaginación convirtió en una grieta del infierno— las que mayores satisfacciones me proporcionaron.

Ante el estupor de mi crédulo auditorio, la casa de mi abuela olía siempre a azufre, los fantasmas de mis tías revoloteaban de un lado a otro y una perversa criada llamada Guillermina escondía en su ropero mustios muñecos picoteados por enjambres de alfileres. Carmen suspiraba imaginando que yo era capaz de dormir en ese caserón maldito, y ello me llenaba de trivial satisfacción. Todo me habría salido rodado de no haber sido por Gonzalo, quien amenazó con desenmascararme si no inventaba alguna historia con él de protagonista. Sin embargo, el remedio fue peor que la enfermedad, pues cuando conté que el espíritu de nuestra bisabuela le seguía a cualquier parte, Rosario huyó de Gonzalo como la peste. Entonces Mario sugirió un nuevo y aterrador esparcimiento: la ouija.

Al principio fue Nicolás quien hizo trampas, pues todas las almas convocadas resultaron ser de chicas que opinaban que él era el más guapo e inteligente del grupo. Más tarde fue Mario quien le hizo decir a un espíritu que uno de nosotros se casaría algún día con una de las chicas presentes, y ahí decidí que se manifestara el presunto ahogado de Playa Hondable, aparición que congeló a todos y apaciguó las tribulaciones casamenteras de más de uno. El fantasma estaba harto de nosotros y deseaba hacernos daño —mucho daño—, pero la luz de mi aura astral se lo impedía. Nunca olvidaré la cómplice sonrisa de Roxana, ni la escurridiza mano de Carmen entre las mías.

Por desgracia, los relumbrones astrales que nimbaban mis tocaciones se extinguieron en cuanto se estrenó una película que toda la pandilla esperaba con enfermiza ansiedad: *El Exorcista*. ¿A quién le interesaban la ouija y los cuentos de aparecidos? El demonio y la posesión satánica —en cambio— inspiraban dudas y espantos jamás experimentados hasta ese entonces, pues era la primera vez que tales temas llegaban a través del cine a un vasto público harto de momias, vampiros y licántropos. La prensa calentó el ambiente con relatos de exorcismos practicados en lugares remotos como Almería y Mozambique, y un periódico sensacionalista desveló el caso de un poseído encerrado en las mazmorras de un convento de clausura del Cuzco. La Iglesia peruana acudió al trapo de los medios de comunicación —condenando la película y exhortando a los buenos cristianos a no verla— y *El Exorcista* fue un rotundo éxito de público y taquilla.

La censura calificó *El Exorcista* para "mayores de 14", y en medio de grandes preparativos Roxana, Mario, Gonzalo, Rosario y Nicolás planearon su expedición al cine Pacífico. Carmen tuvo un berrinche cuando supo que no podía ir, mas yo la consolé doblemente contento porque nos quedaríamos juntos y porque, además, no tendría que ver la dichosa película. Me gustaba presumir de valiente para impresionarla, pero en el fondo era un cobarde y sentía pánico ante la posibilidad de tener que ir al cine. Máxime cuando aquella noche los exorcistas volvieron lívidos, hablando de espumarajos marrones, de voces infernales y de cabezas que giraban como una perinola sobre su pescuezo.

Los días siguientes reconstruyeron una y mil veces las escenas más sobrecogedoras de la película, y conforme aumentaba mi horror crecía el deseo de Carmen por conocer a Regan y al padre Merrin. Durante el desayuno del viernes advertí que me interrogaba con la mirada de las princesas en peligro, y temí lo peor cuando me abordó para saber si sería capaz de hacerle un enorme favor. Estuve a un tris de responderle "menos acompañarte a ver *El Exorcista* pídeme lo que quieras", pero cogió mi mano y me ordenó con dulzura: "Tienes que llevarme al cine. Mis papás no quieren que vaya con ellos y tampoco me dan permiso para ir sola. ¿Sabes?, si no veo *El Exorcista* me muero". Como ya vivía sin vivir en mí, pensé: mejor muero porque no muera[15].

El principal problema no era nuestra edad sino mi aspecto infantil, pues aunque la función estaba calificada para mayores de catorce y yo

---

[15] Los poetas místicos carmelitas Santa Teresa de Jesús y San Juan de la Cruz (1542-1591) escribieron glosas (estrofas desarrollando el tema propuesto por una copla a modo de estribillo) a la copla "Vivo sin vivir en mí, / y de tal manera espero / que muero porque no muero". El contenido místico se vuelve erótico en Iwasaki: se siente que no vive porque su amor no es correspondido; y el "me muero" de Carmen significa "no puedo soportar más no cumplir lo que deseo".

tenía casi doce, por más colonia que me echara mi facha siempre sería la de un chibolo de nueve. Por eso necesitábamos que una persona mayor nos acompañara y la única que se me ocurría era mi tía Nati, íntima amiga de mamá y además mi madrina. ¿Cómo lograr que aceptase sin dar demasiadas explicaciones y a la vez comprometiéndole a no hacer indiscretos comentarios?

La tía Nati estaba feliz con el numerito, mas no le hacía ni pizca de gracia tener que soplarse *El Exorcista*. Los periódicos hablaban de repentinos infartos que habían dejado tieso a más de un espectador en su butaca, y ella opinaba que me convenía más seducir a Carmen con una película romántica y "de preferencia con mariachis". Mas su curiosidad pudo más que el miedo y se ofreció encantada, pensando que así conocería a Carmen antes que su comadre. Además, yo no contaba con los arrebatos celestinescos de mi madrina.

—Todavía no es *mi chica*, tía.

—No seas zonzo, ahijado. ¿Acaso crees que si ella no quisiera estar contigo te habría aceptado ver *El Exorcista*? ¡Qué horror, eso es amor!

La tía Nati ni se imaginaba que era yo quien había condescendido a ir al cine con tal de atraer a la animosa Carmen, mi temeraria heroína de historias espeluznantes, mi adorable pesadilla de ojos de gata. Cuando compré las entradas supe que había vendido algo de mi alma al diablo.

En honor a la verdad Carmen decepcionó a mi tía Nati ("esa mocosa está bien flaca"), pues la consideró muy poca cosa para mí ("tú eres más churro, ahijado") y se creyó en la obligación de infundirme ánimos ("a mitad de la película me voy al baño y tú entonces la besas"). Yo había pensado declararme al volver a Playa Hondable ("los discursitos ya pasaron de moda, zonzo"), pero las palabras de la tía Nati surtieron un efecto diabólico ("¿no ves cómo te come cuando te mira?") y así saqué valor de donde no había más que espanto ("hazle caso a tu madrina, ahijado"). En la impenetrable oscuridad del cinema solo brillaban tres cosas: la linterna del acomodador, los ojos de Carmen y el esmalte fosforescente de las uñas de mi tía Nati.

Si ya me había sido difícil barruntar una declaración balbuceante pero eficaz, pensar que apenas disponía de unos escasos minutos para fulminar a Carmen de un solo beso me parecía más que imposible. Para colmo de males, el desarrollo de la película no favorecía mis intenciones, pues Carmen se inquietó con los extraños ruidos de la habitación de Regan, dio un respingo cuando el demonio comenzó a chillar a través de la endemoniada y se le escapó un gritito como un maullido en la famosa escena de la cabeza desgoznada. Entonces resolví morir matando y le pedí a mi tía Nati que de una vez se fuera al baño, pero de la nerviosa penumbra surgió su entrecortada respuesta: "Ahijado, de aquí no me muevo ni aunque me paguen en dólares".

Mientras el padre Karras tramitaba su carné de exorcista y el aliento helado del diablo se esparcía por toda la platea, Carmen se comía las uñas y mi tía Nati me las clavaba en el brazo. Cada carcajada infernal supurada de obscenidades, cada chorro de vómito insolente y cada aspersión de agua bendita sobre ese cuerpo poseído, postergaban mi beso enamorado tantas veces soñado; pero al menos mi mano se encontró con la suya y así recobré el aroma de las noches marinas y nuestros rituales de ouija y terrores varios.

La muerte del padre Merrin me permitió recorrer con los labios la interminable y breve longitud de sus dedos, la pelea del padre Karras con el demonio encubrió un beso furtivo, y los gritos del auditorio ante el inesperado desenlace asordaron la declaración que nunca me atreví a pronunciar. Así, cuando se encendieron las luces del cine mi tía Nati me sorprendió —traspuesto y dichoso— bien cogido a la mano de Carmen.

—¡Ahijado! ¿Ya ves cómo no era necesario que me fuera al baño, bandido?

—¿Cómo dice, señora? —preguntó Carmen, todavía conmocionada por el final de *El Exorcista*.

—Ay, hijita, ¿me permites que te diga ahijada? Menos mal que le has dicho que sí, porque si me traen a otra película como esta me da infarto y encima chucaque[16]. ¿Vamos a tomar un lonche para celebrarlo?

—¿Qué le pasa a tu madrina, oye? —gritó Carmen sacudiéndose de mí con espanto.

—¡Oye tú, mocosa! —disparó mi tía Nati, poniendo el tono que usaba cuando recriminaba cualquier cosa a las criadas—. A mi ahijado no vas a tratarlo así, ¿ah? Qué lisura, antes mosquita muerta y ahora ya me lo quieres gobernar.

—¡Usted está loca, señora! Y tú eres de lo peor —me acusó Carmen, horrorizada, señalándome con el dedo que más me gustaba—. Ya no regreso contigo a la playa porque me voy a la casa de mi abuela.

—¡Eso, que te aguante tu abuela! —machacó mi tía Nati—, y por si acaso mi ahijado no va a volver contigo ni aunque se lo pidas de rodillas. ¿No te dije que esta mocosa no te convenía?

Aquella fue la última vez que vi a Carmen, y cada verano acudí a Playa Hondable puntual, con la remota esperanza de contemplarla de nuevo. Aún conservo intenso en la memoria el tacto fugaz de su mano, y me he habituado a buscarla en los cinemas de barrio cuando estrenan algún filme de horror, pues solo ella podría conjurar el pacto que hice con todos los diablos el día que fuimos a ver *El Exorcista*.

---

[16] *chucaque*: en el lenguaje familiar del Perú, es un malestar intenso que se da de modo repentino (como un ataque emocional) causado por una impresión desagradable.

Taís

En çima d'este puerto vime en grand rebata:
fallé una vaqueriza çerca de una mata;
preguntéle quién era; respondióme: "¡La Chata!
Yo só la Chata rezia que a los omnes ata".

LIBRO DE BUEN AMOR, 952

Creo que tenía trece años el día que mi hermana me mostró la foto de su clase para preguntarme a bocajarro quién me gustaba más. La verdad es que me gustaron muchas –Gaby, Cecilia, Luciana, Angélica y Erika–, pero María Lila se empeñó en que debía gustarme Luz María, que salía muy graciosa con el sombrero rojo del uniforme del Regina Pacis. Las compañeras de mi hermana poblaron mis más románticas ensoñaciones infantiles, especialmente desde que mamá sentenció cual tremebunda horoscopera: "Este se va a terminar casando con una amiga de María Lila". Y yo me pulía la fotografía del segundo cajón del mueble del espejo para interrogarlas a todas en busca de un presagio, una chispa o una contraseña.

Por entonces mi hermana era demasiado pequeña para asistir a fiestas convidando chicos, así que me conformaba con acompañar a mamá a recogerla de sus meriendas y lonchecitos. Recuerdo que me fregoteaba la cara con agua de lavanda, que me ponía una camisa de manga larga y hasta me repeinaba, con la ilusión de que las amigas de María Lila me encontraran irresistible apenas abrieran la puerta. Sin embargo, algo dentro de mí enturbiaba mis buenas intenciones y a medida que me aproximaba al timbre se me iba poniendo la cara de *bulldog*. Engañado por la televisión y las películas majaderas, suponía que a las chicas les atraería más si fingía desprecio por ellas. Así, cuando todas a tropel acudían a recibirme, yo fruncía el ceño y mirando solo a mi hermana soltaba el ladrido de rigor: "Oye, mi mamá te está esperando en el carro y dice que te apures". Y mientras salía disparado hacia el coche oía los cristales de sus risas y cómo una de ellas me imitaba poniendo la voz de un famoso perro de los dibujos. Cómo me reventaba que me llamaran "Lindo *Pulgoso*".

Muchas veces me he preguntado por qué representaba ese papel tan absurdo, cuando a mí lo que me hubiera encantado era haber sido amable, simpático y requebrador. Cada vez que llegaba el cumpleaños de María Lila me vestía con la parsimonia ritual de un torero, me perfumaba como si estuviese podrido y ensayaba medias sonrisas matadoras, reojazos insolentes y muecas arrebatadoras en el espejo del botiquín. El problema es que después no acudía a la reunión y me encerraba en mi cuarto para hacerme el interesante.

Mi sueño consistía en que las chicas más lindas de la foto llamaban a mi puerta y me pedían que bajara a la sala, y que yo aceptaba entre rezongones dejándome admirar y prodigando mohínes, soslayos y guiños mientras las amigas de María Lila le cuchicheaban al oído qué rico huele tu hermano. Mas la doliente realidad era muy distinta pues solo comparecía a la hora del *Happy birthday to you, te deseamos a ti*, desatando un rumor de burlas y risillas ahogadas. ¿Cómo era posible que una de esas preciosas víboras se fuera a casar conmigo? Me daba vergüenza preguntárselo a mamá.

El colegio de mi hermana era nuevo y siempre estaba en obras, lo que animaba a las edificantes y edificadoras monjitas a organizar toda clase de tómbolas, verbenas, kermeses, romerías, olimpiadas y cuanta mojiganga dominguera pudiera montarse con fines más bien mamposteros y recolectores. A mí me dislocaban esos saraos, aunque por aquello de la estrategia galante me paseaba por ahí con el ceño fruncido y el gesto agusanado, como si hubiera rebañado un limón.

Pronto advertí que otros coleguitas —hermanos de alumnas como yo— deambulaban también solitarios y cariacontecidos por los patios del Regina Pacis, aunque una contumaz atrofia de nuestra especie nos impedía entrar en contacto. Ciertos animales protegen de los intrusos a las hembras que pacen dentro de sus territorios, pero el macho humano es el único animal capaz de proteger de los intrusos una desolada parcela de cemento. Estoy convencido de que si las chicas nos hubieran hecho caso, jamás habríamos sido amigos.

Carlitos era muy bondadoso y risueño, y en consecuencia su táctica consistía en sonreírles a todas. Roberto era tan célebre por sus buenas notas como por su timidez, y sus ardides eran la tristeza y la melancolía. Carlitos y yo ya éramos medio amigos porque estábamos en el mismo colegio, pero Roberto y Carlitos también se conocían porque sus padres eran dos renombrados anestesistas peruanos que organizaban unas fiestas de órdago donde todo el mundo acababa dormido. Cuando decidimos unir nuestros talentos seductores, las chicas se acostumbraron a ver nuestras siluetas vigilantes recortadas en lo alto de las desiertas graderías y terminaron poniéndonos un apodo de reminiscencias pistoleras:

"el bueno, el malo y el feo[17]" (Roberto y yo nos peleábamos por ser el malo).

Un buen día llegamos a la conclusión de que ninguna doncella escalaría las escarpadas tribunas de la cancha del colegio para expresarnos su amor, y así resolvimos abandonar esa empinada atalaya en busca de una loba esteparia. Desde el llano éramos más vulnerables e insignificantes —como halcones de alas recortadas o cetáceos varados en alguna orilla soleada— y muy pronto nos desvanecimos en el vulgar anonimato de la multitud, donde solo existían hermosas mujeres y nuestra vergüenza. Entonces ella nos llamó:

—Oigan, ¿ustedes saben jugar al vóley?

En realidad, las entusiastas monjitas montaban tales festivales con la finalidad de construir las instalaciones deportivas del colegio, y por eso las jornadas del fin de semana también servían para organizar torneos de vóley y baloncesto, disciplinas en las que el Regina Pacis había alcanzado un gran prestigio a nivel nacional. Sin embargo, nosotros habíamos estado siempre más pendientes de las niñas que acudían a gansear y presumir, desdeñando a las empeñosas que se pasaban todo el día sudando la gota gorda, dale que te pego a la pelota. ¿Quién nos iba a decir que ellas serían quienes nos darían bola?

---

[17] *El bueno, el malo y el feo*: título del *western* dirigido por el italiano Sergio Leone (1929-1989).

—¡Qué les pasa!, ¿juegan o no juegan vóley? —insistía a la vez que botaba impaciente el balón.

El vóley era uno de los deportes más exitosos y populares del Perú, mas solo a nivel femenino. Por alguna extraña razón que nadie ha descifrado todavía, nuestras selecciones masculinas jamás habían conseguido —en ninguna disciplina— los mismos trofeos y galardones cosechados por las mujeres, y en el fondo era una suerte que las chicas no jugaran fútbol porque entonces la humillación habría sido total.

—¡No me voy a pasar todo el día esperándolos! —exclamó desesperada—. Tú, el más alto, ¡al bloqueo! Tú, ¿de qué te ríes?, ¡al saque! Y tú, no pongas esa cara y colócate al centro como apoyo.

En un santiamén nos había arreglado la vida a los tres, y mientras Roberto brincaba para bloquear los mates contrarios y Carlitos sacaba sonriéndoles a las jugadoras del otro equipo, yo me dejé hechizar por el torrencial encanto que irradiaba esa chiquilla indomable y resuelta, mezcla de Juana de Arco y diosa griega. Sabía dar órdenes como si espurriara dulzuras, tenía la risa más bella y franca que había visto y la arrobadora elegancia de un impala, una gacela o cualquiera de esos hermosos antílopes que flotaban por los aires en los documentales de la televisión.

A mis trece años me resultaba complicado hallar los símiles correctos de la belleza y la sensualidad, y por eso los episodios de la mitología clásica y de *National Geographic* acudían a mi cabeza a pájaros. ¿Cómo evitarlo si ella también se suspendía aérea, si cada movimiento suyo me recordaba el vértigo musical de la lluvia y si ella misma era única, como esas especies en peligro de extinción? Me maravillaba ver cómo era capaz de adormecer los mates más peligrosos, embrujar la pelota y trocarla en pompa sutil o en ultrasónico misil, y blandir sus manos delicadas como plumas e implacables como látigos. ¿Qué huellas dejarían sus caricias en mi piel?, me preguntaba sobrecogido y con la carne de gallina. Cuando andurreábamos hacia el paradero después de aquella tarde mágica, pronuncié ante Roberto y Carlitos el piropo más sublime que alguien podía expresar a nuestra edad: "Esa chica es más linda que Nadia Comaneci[18]".

Por la noche su recuerdo me asedió sin tregua y me vinieron a la memoria unas turbadoras imágenes del circo, donde la felina elasticidad de las fieras me fascinaba tanto como los cuerpos generosos y ondulantes de las trapecistas y las ayudantes de los magos, siempre enmarañadas de mallas y brocados. Pensé en esas mujeres que se contorsionaban casi desnudas sobre briosos caballos, y me dormí sintiendo el movimiento

---

[18] Nadia Comaneci: gimnasta rumana que obtuvo, por primera vez en las Olimpiadas (Montreal, 1976), el calificativo perfecto del 10.

cimarrón de sus lomos, jineteando aquellas ancas aladas y acariciando crines perfumadas, libres de arreos y tocados.

Dos días más tarde mi hermana me dijo que una amiga suya le había dicho que yo era buena gente. ¿Quién ha sido?, pregunté sin saber si disgustarme o dar rienda suelta a mi vanidad. "Fue Taís —respondió— Y también dijo que tenías que aprender a jugar vóley". Corrimos hacia su cuarto para que me enseñara a Taís en la foto del segundo cajón, y entre palpitaciones y febriles temblores estuve a punto de morir porque Taís era ella; Taís, la mujer antílope; Taís, la domadora de bestias feroces; Taís, la Comaneci en uniforme del Regina.

Muchos años después descubrí que nadie se enamora de alguien que solo es "buena gente", pero entonces aquella frase de compromiso surtió en mí el efecto de un hechizo, y me sentí feliz de saber que una chica tan linda creyera que yo —"Lindo *Pulgoso*"— también era "buena gente". Taís no había dicho que le gustara, ni siquiera que disfrutaba de mi compañía, mas eso era lo de menos pues estaba ciegamente persuadido de que si le había parecido "buena gente", más tarde o más temprano se moriría por mí.

La amé en secreto todos los fines de semana —durante meses, durante años— y nunca falté a las chirinolas organizadas por las monjitas, adonde iba solo para verla y sonreírle, porque ella me había vuelto más risueño que Carlitos. Mamá tenía razón, yo me iba a casar con una amiga de María Lila. El único inconveniente era que Taís aún no lo sabía.

Estar enamorado de ella era algo que me hacía sentir especial, ya que viviendo como vivía, rodeado de Glorias, Patricias, Susanas, Gabrielas y toda suerte de Marías, querer a una niña llamada Taís me redimía de la vulgaridad. ¿Pero de dónde venía el nombre Taís? Revolví *Espasas* y *Larousses*, *Tesoros de la Juventud* y *Almanaques Mundiales*, santorales y enciclopedias, y así levanté un insólito inventario etimológico: En el siglo IV a. C. *Thais* fue una querindonga ateniense que instó a Alejandro a incendiar Persépolis; en las comedias grecolatinas las voraces cortesanas eran conocidas como *Thais*; y en los lechos rocosos del Atlántico Norte *Thais* era el nombre de una bella caracola en cuyos laberintos de nácar siempre reverberaba el mar. Pero Taís fue —sobre todo— una meretriz egipcia, arrepentida y canonizada, que inspiró una novela a Anatole France y una ópera a Massenet. Ya me parecía que mi Taís tenía algo de cariátide[19], de náyade[20] y de santa escarmentada.

---

[19] *cariátide*: estatua de mujer que sirve de columna.
[20] *náyade*: en la mitología griega, ninfa de los ríos y de las fuentes.

A los dos años de haberla conocido, una compañera de mi hermana debutó en sociedad tirando la casa por la ventana, y presumo que a través del agujero que quedó se colaron todos los paracaidistas[21] que aquella noche aparecieron por el edificio Omote. Se trataba de la primera fiesta de una amiga de María Lila, y ahí comparecí decidido a declararme durante los dulces estrujones del primer lento.

Mi experiencia pachanguera era bastante triste y raquítica, pero al menos me había servido para diseñar una estrategia que creía infalible: si conseguía bailar con Taís todas las salsas y demás ritmos discotequeros de calentamiento, a la hora de las melodías románticas y acarameladas nadie me la podría secuestrar, y entonces y solo entonces la conquistaría, aunque fuera por agotamiento.

Habituado a verla en trazas deportivas y siempre jugando al vóley, recuerdo que me sorprendió advertir cómo un tenue maquillaje podía constelar su rostro infantil de ese aire travieso que años más tarde reconocí en los ángeles del Bronzino[22]. Cuando la música tronó por los altavoces, me abalancé sobre Taís dispuesto a no separarme de ella hasta que su mamá la recogiera.

Fernando Iwasaki

---

[21] paracaidistas: en la replana peruana, personas que van a una fiesta sin haber sido invitadas a ella.
[22] Bronzino (1503-1573), pintor manierista italiano.

Las fiestas de entonces tenían establecido un riguroso itinerario musical que comenzaba con marchosas piezas en inglés, proseguía con los sones más sabrosos del cancionero tropical y culminaba entre los maullidos sentimentales de los Bee Gees o las irresistibles romanzas de Bread. Lo bravo era sobrevivir a las tres horas de bailoteo perpetuo de las fases uno y dos, y arribar con holgados arrestos cuando era menester canturrear al oído *You've got a friend* de James Taylor o *Muskrat Love* de America.

Los éxitos de Fleetwood Mac y Earth, Wind & Fire rompieron el hielo, y me precipité en el desenfreno de la fiesta siguiendo los arpegios de Dire Straits, The Moody Blues, Led Zeppelin y The Rolling Stones. Y así, después de trajinar por el rock de la cárcel, el rock del cocodrilo, el rock de la plaga y cuantas rocosidades me echaron en el camino, vino el cambio de tercio de la mano de Santana y *Oye cómo va*. Los marcianos llegaban ya, e inevitablemente llegaron bailando chachachá[23].

Como suponía, Taís resistió impertérrita la primera parte de la fiesta y más bien yo era quien se había visto en apuros, porque mi gacela de *National Geographic* giraba como un trompo y me traía por la calle de la amargura. Si la salsa

---

[23] Recompone el chachachá que sostiene que "los marcianos llegaron ya, y llegaron bailando el ricachá".

la baila como el rock —pensé— mis ensoñaciones amorosas corrían más peligro que un oso panda perdido en una reserva de tigres siberianos.

Primero recorrimos todo el repertorio de Celia Cruz, Fruko y sus Tesos, Willy Colón y Rubén Blades, haciendo una larguísima escala en *Moro, país tropical*. Pero lo peor aún estaba por venir, ya que por aquellos años hacían furor unos extenuantes popurrís que eran una variante del *Test de Cooper*, esa prueba atlética que consistía en dar diez vueltas a la cancha de fútbol en solo diez minutos. Cuando escuché las palmas que preludiaban *La Parranda de Panamá*, me abandoné a la vicaria resignación con que los Templarios[24] arrostraban las ordalías[25].

En realidad me infundía cierto desahogo contemplar la muchedumbre de topos y paracaidistas que se habían zampado a la fiesta, ya que gracias al cielo Taís estaba a buen recaudo y esas alimañas habían llegado demasiado tarde para arrebatármela. Desde la pista les veía hostiles y huraños, y entre los relámpagos sicodélicos que parpadeaban en la bóveda, me vino demorado a la memoria un documental africano donde hienas innobles acosaban nocturnas a un majestuoso

---

[24] *Templarios*: caballeros de la orden religioso-militar del Temple (fundada en 1119).

[25] *ordalías*: pruebas destinadas a establecer con certeza la verdad. La más famosa era el "juicio de Dios" (coger hierros ardientes, someterse a un duelo).

león. Preso de instintos principescos traté de rugirles, pero apenas pude carraspear una tosecilla ridícula.

¿Cómo era posible que una criatura tan delicada fuera capaz de danzar así, desvariante como las ménades[26]? La voz griega *entusiasmós* restalló al conjuro de la *Thais* ateniense —propicia a los sacrificios paganos— y reparé en el mito de Atalanta, aquella doncella feroz que venció a Peleo en la lucha, que se enroló en las huestes Argonautas e hirió con dulce lanza de fresno al jabalí de Calidón. Atalanta sabía que era invencible y por ello condescendió a casarse con quien le derrotara en carrera, ignorando que Palas Atenea le tendería una dorada trampa frutal. Anegado en sudor añoré esa edad heroica de diosas celestinas[27], ya que Taís más bien parecía una locomotora y a mí solo me quedaba encomendarme a Santa Marta porque *Santa Marta, Santa Marta tiene tren, Santa Marta tiene tren, pero no tiene tranvía.*

Llevábamos más de tres horas brincando sin tregua cuando reventó por los amplificadores la metralla musical que más estragos provocaba en físicos renqueantes como el mío: *El Toque de Rulli*, una endiablada mezcolanza de cuatrocientos ritmos *twist* pasados por México y paporreteados

---

[26] *ménades*: sacerdotisas de Baco entregadas al desenfreno.
[27] *celestinas*: alcahuetas, casamenteras.

en Lima. Miré a Taís implorante para inspirarle alguna conmiseración, pero ella redobló sus saltos y yo le seguí obediente y agonizante como aquel cadáver de mi manual de literatura que —¡ayayay!— siguió muriendo[28].

De pronto me sentí adormecido por el repiqueteo incesante de sus piernas y entreví al Kongoni de Somalia, un poderoso antílope que según los documentales de *National Geographic* era capaz de galopar durante semanas por la calcinante sabana africana, desairando así a los más tenaces perseguidores. Acalambrado y entumecido por el esfuerzo, Taís volvía a ser una gacela, un impala, una cierva que se alejaba de mí elegante y veloz.

De cuando en vez la mirada penetrante de Taís se cruzaba con los ojos como brasas de los zampones y advenedizos que seguían colándose a la fiesta por el cráter que abrieron los Omote cuando tiraron su casa por la ventana. Las jaranas de rompe y raja no solo tenían buena comida, copiosa bebida y altísima fidelidad estereofónica. También hacía falta un enjambre de curiosos, refitoleros y pedigüeños para que las fiestas limeñas tuviesen éxito y se hablara de ellas con admiración.

Fernando Iwasaki

---

[28] Alusión al poema "Masa" de *España, aparta de mí este cáliz* del poeta peruano César Vallejo (1892-1938): el combatiente al final de cada estrofa (excepto la última) sigue muriendo.

El trepidante popurrí nos atizaba los últimos compases, y a juzgar por el revuelo que inundaba la pista de baile finalmente había llegado la hora de los lentos. Para entonces mi camisa era una sopa y de la colonia de mi papá no quedaría ni rastro, arrasada seguro por el sudor y el omnipresente olor a tabaco. Sin embargo había valido la pena porque esa cintura tantas veces soñada por fin estaba al alcance de mis manos trémulas e incrédulas, como si fuera a acariciar el lomo de una pantera dormida.

Cuando los Carpenters rociaron como una amorosa bendición *When I was young I listened to the radio, waiting for my favorites songs*..., Taís se dirigió a mí como aquel día inolvidable en que la conocí: "¿Me puedes traer una Coca-Cola?". O sea, me mandó de nuevo al centro en busca de apoyo, y hacia allí me fui con el alma encogida porque después de todo yo era "buena gente".

Sabía que al volver no bailaría más con ella, y desde lejos vi cómo se dejaba abrazar por uno de los paracaidistas. Pensé en la amante de Alejandro, en la santa pecadora y en un desfallecido Kongoni de Somalia entregado a las hienas emboscadas. Quise creer que quien bailaba con ella era el ejemplar más fuerte y más bello de la manada, y encontré acertadísima la elección de Taís. Me figuré que no sería la primera vez que aquel paracaidista ejecutaba esa oportuna maniobra con la precisión de un verdugo, pero me desconsolé imaginando que quizá se tratara del primer lento de Taís. Su mirada la delataba. No me importó que no bailara conmigo, pero me habría ilusionado que alguna vez me hubiera mirado así. Cuando mamá llegó a recogernos Elton John cantaba *Someone save my life tonigh...*

Nunca falté a nuestra cita secreta en las jornadas voleiboleras del Regina Pacis, y hasta me sentía cómplice suyo pues conocía obsesiones y sueños de Taís que yo jamás encarnaría. Un día me volvió a situar de apoyo en el centro del campo y me advirtió desafiante que se disponía a matar[29]. Creo que sonreí —siempre le sonreí—, porque yo ya sabía cómo mataba.

---

[29] Taís lo amenaza con una jugada peligrosa; en vóley, un "mate". El narrador juega con que la amada lo mata de amores (sentimentalmente lo aniquila).

Carolina

Por amor d'esta dueña fiz trobas e cantares,
senbré avena loca ribera de Henares;
verdat es lo que dizen los antiguos retráheres:
"Quien en el arenal sienbra non trilla pegujares".

LIBRO DE BUEN AMOR, 170

Después de doce años en un colegio masculino de curas, la inminencia de las clases universitarias me turbaba cada día más porque allí me encontraría con chicas que llegarían a ser mis compañeras, mis amigas, mis dulces quimeras. El hermano Carmelo nos advirtió en una de las charlas de orientación vocacional que las mujeres solo iban a la universidad en busca de novio, y a mí me embargó una dichosa ilusión. "Qué coincidencia —pensé—. Yo también quiero encontrar novia en la universidad".

Paso por alto los meses y meses que invertí en preparar el examen de admisión, pues la alegría del ingreso desvaneció en mi memoria las privaciones y penalidades de aquellos días. Al entrar a la universidad me había convertido en un "cachimbo[30]" y me rasuré el cráneo según la costumbre, pues en Perú los universitarios comenzamos nuestras carreras con la cabeza limpia y despejada, y en el peor de los casos las concluimos con el colodrillo bien cultivado y la pelambrera renovada. Era 1978 y ello colmaba las modestas expectativas de mis dieciséis años.

Recuerdo emocionado mi primer día de clases, pues los jardines, las aulas, la biblioteca y las amplias avenidas de la Universidad Católica, me parecieron una suerte de pasarela por donde lucían su palmito las chicas más lindas del país. Y lo mejor era que todas estaban buscando novio. ¿Cómo expresarles mi espléndida disposición?

Entre mis condiscípulas estaban algunas de las más bonitas de la promoción, y yo me dije que en tales condiciones sería muy complicado aprobar todas las asignaturas. Ana Rosa era guapísima, Alicia tenía unos ojos preciosos y Galia era una permanente provocación; pero en los primeros bancos del aula se derrengaba[31] modosa una niña cuya hermosura reverberaba épocas remotas, destellos medievales y renacentistas.

Su piel de porcelana me recordaba las nobles manos de los reyes ascetas[32], sus ojos como alhajas

Fernando Iwasaki

---

[30] *cachimbos*: alumnos recién ingresados a la universidad.

[31] *derrengar*: inclinarse a un lado más que a otro.

[32] *asceta*: sometido a mortificaciones para purificarse.

habrían confundido a los buscadores del Grial[33] y el oro de sus rizos era un vellocino[34] digno de otra delirante expedición mitológica. La belleza de la mayoría de las mujeres depende de la estética de su tiempo, mas solamente algunas como ella podrían haber sido raptadas por un príncipe troyano, inspirando tiernos madrigales[35] a los trovadores o compartido sus rostros con las *madonnas* del *cinquecento*[36].

Durante el interminable camino de regreso imaginé que ella era la princesa de todas las justas medievales, el ángel de todas las anunciaciones y la razón de todos mis insomnios. Me sentía tan enamorado que no me enamoré de nadie más mientras duró el trayecto del microbús. La imagen de sus melenas montaraces —como hiedras doradas— me había subyugado de tal manera que hasta recordé la leyenda infantil de Rapunzel, la bella prisionera de la torre que desparramaba sus bucles para izar amantes y hechiceras.

En casa deseaban saber cómo me había ido en mi nueva vida universitaria e improvisé consideraciones muy convincentes sobre los sintagmas,

---

[33] *Grial*: el Santo Grial (vaso sagrado identificado como el cáliz usado por Cristo en la Última Cena) era buscado por los caballeros cristianos en los libros de caballerías de la Edad Media.
[34] *vellocino*: el Vellocino (cuero de carnero u oveja con su lana) de Oro era buscado por Jasón y los argonautas, en la mitología griega.
[35] *madrigales*: poemas de amor.
[36] *madonnas del cinquecento*: Vírgenes Marías pintadas en el siglo XVI italiano.

Parménides, la realidad peruana y su relación con el inconsciente, pero en el fondo yo solo deseaba hablar de ella, del azul que azogaba sus ojos o de la trencilla que recogía sus cabellos y que al sol espejeaba como una filigrana. En cualquier caso, les quedó muy claro que me moría[37] por estar en la universidad.

Por aquellos años tenía responsabilidades muy concretas dentro de casa, y tal vez la más importante era comprar el pan apenas rayaba el alba. Como mis clases empezaban a las ocho en punto y para llegar a tiempo debía coger el microbús de las seis y media, todas las mañanas me levantaba a un cuarto para las seis, me duchaba y partía hacia la panadería entre los primeros trinos de las aves y los últimos chirridos de los grillos. Recuerdo que mientras desandaba el camino de "Santiago" —que así se llamaba la bodega del barrio[38]— me dejaba extraviar por el olor del pan recién horneado y el aroma del pasto humedecido por la garúa.

Por suerte mi casa estaba muy cerca del paradero inicial y así podía instalarme al final del microbús o incluso hallar un asiento libre. El camino hacia la universidad era larguísimo y debía transbordar a mitad del trayecto, pero me distraía observando las caras de los pasajeros

Fernando Iwasaki

[52]

---

[37] Ver la nota 15, p. 27.
[38] En la peregrinación religiosa, el camino de Santiago es el que conducía a la tumba del Apóstol Santiago, en España.

habituales, fantaseando sobre sus vidas y urdiendo historias que nos comprometían a todos. Tales ensoñaciones reemplazaron la elección de *Miss* "Micro", un antiguo pasatiempo de mis días escolares. Fue una de esas primeras mañanas cuando se produjo el milagro: en la parada de la esquina de Benavides con Montagne mi amada subió al microbús.

De pronto sentí la caricia de una fragancia indescifrable, las molestias de la compacta multitud amainaron, los tubos dejaron de resultarme pegajosos y todo el micro me pareció más limpio y reluciente. Un ángel nos había visitado y bendecido con su presencia, tal como Campanilla encantó el siniestro galeón del capitán Garfio en la versión de *Peter Pan* de Walt Disney. Si esa magia fuera envasable —pensaba— el transporte público sería más tolerable gracias al polvo de hadas que ella diseminaba generosa. Cuando bajamos para conectar con la línea 23 le saludé arrasado por el pánico, y entonces pronunció el nombre de mis sueños: Carolina.

Los días siguientes fueron de una felicidad inolvidable, pues llegábamos juntos a la universidad, nos sentábamos en la misma carpeta y charlábamos entre una clase y otra. Además, cuando había prácticas de Lengua I almorzábamos en los jardines del campus y yo le acompañaba hasta su casa porque salíamos muy tarde en la noche. Tanto la quería que no deseaba estropearlo diciéndoselo. Como mucho me conformaba dejando caer algún piropo que siempre encendía rosas de fuego en sus nevadas mejillas.

Nuestra amistad habría superado cualquier contingencia de no haber mediado un impredecible acontecimiento: la elección de delegados al Centro Federado. Carolina tenía ideas sociales y —como había sido alumna del Colegio Franco Peruano— admiraba las utopías parisinas[39] del 68 e irradiaba esa intimidatoria madurez que sin excepción compartían todos los egresados del liceo francés. Así, cuando aparecieron las convocatorias electorales me enseñó que había dos maneras de estar en la universidad y en el mundo: a favor o en contra del cambio. Carolina estaba a favor, y yo —por supuesto— estuve a favor de Carolina.

El candidato *sotto voce* de nuestra sección era Manolo, un tipo simpático y gran amigo mío porque habíamos sido compañeros en el colegio, pero que suscitaba enormes fobias entre la izquierda porque su padre era un destacado dirigente nacional de Acción Popular, el partido que había sido derrocado por la dictadura militar que nos gobernaba desde 1968. A medida que se acercaban las elecciones aumentaban la popularidad de Manolo y las habladurías acerca de su afinidad con el *Opus*

---

[39] En mayo de 1968 hubo una revuelta estudiantil en París a favor de una utopía política de izquierda.

Dei, circunstancia que le ponía los pelos de punta a la progresía universitaria. Precisamente, con las greñas más ensortijadas que nunca Carolina me interpeló: "¿Acaso nadie va a impedir que la derecha gane en nuestra clase?". Ahí decidí que yo también me presentaría como delegado.

El día señalado me levanté barruntando un flamígero[40] discurso, durante mi itinerario a la panadería ignoré a los pájaros y el cri-cri de los grillos, y por aquello de los nervios y su influencia sobre el sistema digestivo resolví —como los verdugos— no desayunar antes del trabajo. Ya en el microbús perfilé las líneas maestras de mi alocución, y apenas crucé una mirada traviesa con Carolina. Deseaba darle una sorpresa y para ello era preciso fingir destemplanza y algo de ensimismamiento. Jamás me habría imaginado que mi primera declaración de amor consistiría en una soflama[41] política.

Las elecciones de los "cachimbos" eran un espectáculo divertido que la populosa concurrencia revestía de una cómica solemnidad, pues de otras facultades y hasta de la Universidad de San Marcos llegaban curiosos y cazatalentos de distintos partidos políticos. Con el aula repleta y en presencia del fiscal del Centro Federado, Clara propuso a Arturo, Lalo a Manolo y César a mí.

---

[40] *flamígero*: que despide llamas.
[41] *soflama*: llama tenue. En sentido figurado, 'discurso', 'perorata'.

Cada candidato disponía de una primera intervención de diez minutos, una réplica de cinco y una rueda de respuestas a las preguntas de los asistentes. Todavía me conmueve recordar la radiante sonrisa de Carolina, incendiada de rosas, más Botticelli[42] que nunca.

Arturo habló de unión, amistad y camaradería, tres metas que se comprometió a alcanzar a través de grupos de estudio, una que otra fiestecilla y toda suerte de olimpiadas, campeonatos y partidos de fulbito. A continuación Manolo abrió fuego explicándonos para qué había decidido postular a la Universidad Católica, por qué era tan importante que estudiásemos mucho y cómo solo así seríamos más útiles para el Perú y nuestras familias. Todo ello lo decía con una voz suplicante y persuasiva, juntando las manos como si rezara. Cuando llegó mi turno cuestioné el presunto carácter insular de la universidad, advertí cómo ella era un reflejo de la sociedad y anuncié que desde el Centro Federado lucharía por las principales reivindicaciones sociales del país, entre otras promesas que suelen hacerse cuando uno está enamorado.

No bien comenzó la tanda de réplicas, Arturo se retiró argumentando que sus propuestas ya

Fernando Iwasaki

---

[42] Los cuadros más famosos de Sandro Botticelli (1455-1510) representan la belleza femenina del Renacimiento: "El nacimiento de Venus" y "La primavera".

estaban contenidas en nuestros programas, y le cedió la palabra a Manolo en medio de una atronadora ovación. Manolo deploró la ausencia de independencia de ciertos "cachimbos" que renunciabana sus genuinas exigencias estudiantiles para convertirse en muñecos de ventrílocuo de los partidos radicales, y redondeó su faena invitándome a reflexionar al respecto. Yo recogí el guante y le manifesté mi extrañeza sobre sus disquisiciones, haciendo hincapié en que la independencia químicamente pura no existía y exhortando a mis compañeros a desoír prédicas retrecheras y pequeñoburguesas. Esta última palabreja me deparó besos volados de las camaradas más combativas, y yo me ruboricé porque ignoraba el efecto afrodita[43] de la retórica política.

Por último, cuando llegamos a la rueda de preguntas cada uno capeó el temporal como pudo, pues a Manolo le sacaron en cara la crisis económica, no sé qué página de unos contratos petroleros[44] y la ayuda norteamericana a un dictador nicaragüense[45], aunque su peor momento llegó cuando Carolina —mi Carolina— le conminó a reconocer si "eres o no eres del *Opus*". Manolo

---

[43] *afrodita*: erótico.
[44] Se refiere a la página 11 del contrato firmado con la Internacional Petroleum Co.; extraída del contrato, generó un escándalo político que dio pie al golpe militar de 1968 que derrocó a Fernando Belaunde Terry.
[45] Anastasio Somoza Debayle (1925-1980).

puso cara de *ecce homo*[46] y abriendo los brazos como un crucificado respondió en tono evangélico: "En verdad, en verdad os digo que postulé a la Universidad Católica porque soy católico, apostólico y romano". A mí también trataron de empapelarme, pero en lugar de escurrir el bulto preferí ser colaborador y receptivo, y así di mi palabra de que ninguna huelga amenazaría con recesar la universidad, aseguré que haría lo que estuviese a mi alcance para que la dictadura militar devolviera los medios de prensa a sus legítimos propietarios[47] y me comprometí a ir personalmente a la embajada polaca para solicitar la libertad de un electricista protestón[48]. Hasta ese instante no había sido consciente del enorme poder de los delegados universitarios, y seguro que en Polonia tampoco lo sabrían.

Después de un largo y proceloso escrutinio Manolo ganó las elecciones por un solo voto, y mientras sus partidarios cantaban el himno nacional con la mano en el corazón, los míos entonaron una marcha muy internacional con los puños en alto[49]. Carolina me abrazó emocionada

---

[46] *ecce homo*: imagen martirizada y sangrante de Jesucristo que Pilatos presentó al pueblo el Viernes Santo. En sentido figurado, persona de lastimoso aspecto.

[47] El gobierno militar de Velasco Alvarado confiscó los medios de prensa en 1974.

[48] El dirigente sindical Lech Walesa, líder del sindicato *Solidaridad*.

[49] El himno de los socialistas se conoce como "La Internacional".

y desde su mirada azul me dijo que estaba orgullosa de mí, que para ella yo había ganado y que no me preocupara por ese voto de diferencia porque "nunca falta un huevón, ¿sabes?". La vi tan contenta que no me pareció oportuno confesarle que me dio vergüenza votar por mí mismo y que le había votado a Manolo.

Jamás hasta entonces había disfrutado del éxito y la notoriedad, pero gracias a esas elecciones perdidas la gente comenzó a saludarme, algunas chicas me felicitaron por haber hablado tan "regio" y de pronto sentí que todo el mundo me masajeaba el ego con admiración. Mi primera aventura política había sido un fracaso, mas ya percibía el calor incondicional de mi electorado.

Por desgracia ninguna dicha es duradera, pues no habían transcurrido ni dos horas de la elección cuando a través de Carolina recibí un recado urgente del fiscal del Centro Federado, quien tenía un par de críticas fulminantes que formularme. ¿Qué me querría recriminar el fiscal después de mi espléndido combate dialéctico?, ¿cómo así el fiscal era amigo de Carolina?

El Centro Federado resultó un lugar más bien cochambroso⁵⁰, donde aparte de un desvencijado⁵¹ mimeógrafo no parecía existir nada de auténtico

---

⁵⁰ *cochambroso*: sucio, grasiento y de mal olor.
⁵¹ *desvencijado*: quebrado, con las partes desunidas o mal unidas.

valor. Allí me aguardaba impaciente el fiscal de Letras, un tipo huesudo, vestido de negro y con anteojitos redondos, como esos personajes macarrónicos de las litografías antiguas. Su bienvenida no pudo ser más cordial: "La has cagado, compañero. ¿Cuál es tu célula[52]?, ¿quién apoyaba tu candidatura?".

Así, de golpe, sus preguntas demudaron mi boba expresión risueña. ¿Cómo que la había cagado?, ¿qué pasaba con mis células[53]?, ¿acaso no había visto que casi la mitad de mi clase me apoyaba? De cualquier manera, qué cara de pollo me vería que comenzó a largar.

La dictadura militar estaba en las últimas boqueadas y las organizaciones populares debían actuar coordinadamente para agudizar las contradicciones del Estado burgués, compañero. Los gremios de la Universidad Católica reclamaban una trinchera de lucha en la vanguardia, y para ello hacían falta delegados que no quebrantaran la disciplina de las estructuras internas. ¿Por qué me había lanzado a unas elecciones sin respaldo partidario, compañero? Mi precipitación había frustrado la propuesta de otro candidato de consenso, quien decidió inhibirse para no dividir el voto progresista y continuar su trabajo

---

[52] *célula*: grupo de un partido político que opera en un sitio determinado.
[53] Entiende como si hablaran de las células biológicas de su cuerpo, y no en sentido político.

de zapa[54] —de humilde polilla, compañero— en las bases. Además, ¿por qué me había comprometido a impedir que una huelga recesara la universidad?, ¿acaso no sabía que la huelga era una medida de lucha única, única en ese sentido, compañero? Para colmo de males, los medios de prensa expropiados nunca deberían ser devueltos a la burguesía, y el electricista polaco[55] ese era un hijo de la gran puta que merecía cadena perpetua por contrarrevolucionario. Finalmente, yo la había cagado por haber ofrecido demasiadas cojudeces delante de los camaradas de San Marcos, que en ese mismo instante estarían riéndose de los estudiantes democráticos y consecuentes con la causa popular de la Universidad Católica, o sea con la del pueblo en su conjunto, compañero.

Tengo que confesar que no comprendí casi nada, mas por la actitud de Carolina era evidente que había metido la pata hasta el corvejón[56]. Me miraba como si hubiera matado a alguien, meneando la cabeza desolada y hasta sintiendo compasión por mí. De todas las funestas consecuencias de mi precipitada candidatura —la desunión de los partidos de izquierda, el rearme moral de la dictadura

---

[54] *trabajo de zapa*: excavación; abrir zanjas.
[55] Walesa estaba en contra del dominio tiránico de los soviéticos en Polonia.
[56] *corvejón*: articulación situada entre la parte inferior de la pierna y superior de la caña.

militar y el avance de la reacción en Polonia–, en realidad a mí solo me importaba qué ocurriría con Carolina. ¿Me saludaría de nuevo en el microbús?, ¿almorzaríamos juntos los días que hubiera prácticas de Lengua I?, ¿seguiría consintiendo mi contemplación apasionada?

Desde aquel día me sentí como una lombriz, pues ni siquiera me atreví a compartir mis desahogos. Yo, que por amor había sido capaz de propugnar lo que no pensaba, por amor era incapaz de proclamar lo que sentía. Sin embargo, el amor es tolerante con la extravagancia porque sin extravagancia no es posible el amor.

Una mañana advertí que el rechinante canto de los grillos no era tan alegre como pensaba, y una plomiza melancolía se apoderó de mí sin que el aroma del pan caliente o el olor del pasto mojado pudiesen remediarlo. Cuando Carolina subió al microbús en la parada de Montagne y Benavides, la sonrisa se le había difuminado y un resplandor metálico fulguraba su mirada recordándome el color del océano en las orillas, donde el azul más intenso se disuelve en la turbia multitud de granos de arena. Los ojos de Carolina eran como las olas del mar, azules a la distancia y arenosos después de estrellarse conmigo.

Algunas semanas más tarde por fin les vi juntos en "El Paraíso" —así le decíamos a los jardines de la Facultad de Sociales–, y después de todo pensé que Carolina y el fiscal de Letras hacían una pareja estupenda. Entonces me convencí de que jamás sería un revolucionario, porque se podía ser revolucionario por loco, por lúcido, por indignación e incluso por resentimiento, pero jamás por amor. Y yo por amor —menos trapecista— habría sido cualquier cosa.

Así me desengañé de la política y si me apuran de los curas, porque hasta el piadoso hermano Carmelo me había mentido: las mujeres no solo iban a la universidad en busca de novio. También acudían persiguiendo ideales tan valiosos y extraordinarios, que incluían al enamorado de regalo.

Alicia

Si vieres que ay lugar, dile juguetes fermosos,
palabras afeitadas con gestos amorosos;
con palabras muy dulçes, con dezires sabrosos,
creçen muchos amores e son más desseosos.

LIBRO DE BUEN AMOR, 625

Nunca me saqué la lotería a fines de 1978, pero en cambio me tocó una pedrea[57] que fue una suerte de bendición: fui contratado para enseñar Historia del Perú en la academia Trena, la más prestigiosa del país y la que mejor pagaba por aquellos años de austeridad y superinflación. En la academia me hice de oro, y ya se sabe que el éxito económico es inversamente proporcional al éxito amoroso. Sin embargo, los profesores de la Trena tenían fama de guapos, inteligentes y mujeriegos, y a mí me hacía falta ser famoso hasta en dos de esas minucias.

Por entonces corría la idea de que las chicas siempre se enamoraban de sus profesores, mas yo

---

[57] *pedrea*: premios menores de la lotería.

estaba persuadido de que a mí me ocurriría precisamente lo contrario. A saber, que me enamoraría sin remedio de mis alumnas. De solo pensar que más de diez niñas podrían escudriñarme a la vez durante los cuarenta y cinco minutos de cada clase, se me ponían las carnes de gallina. En realidad nunca le había sostenido la mirada a ninguna mujer, y me sobrecogía imaginarme desarmado en plena conquista del Perú, a mitad de la batalla de Junín o en el peor momento de la guerra con Chile.

Así fue como memoricé todas las fechas, todos los nombres y todos los detalles de la historia patria, amén de preparar un copioso arsenal de mapas, esquemas y chistes, listos para ser disparados al primer síntoma de ridículo. Mi estrategia consistía en aparentar que era sentimentalmente inexpugnable y para ello recurrí en vano a la ironía y la erudición, pues más de una vez distorsioné la historia solo por no contradecir a una linda alumna. Todavía me acuerdo de aquella hermosa burra que se despachó contra Magallanes porque en 1520 había descendido hasta el Cabo de Hornos, en lugar de haber cruzado del Atlántico al Pacífico por el Canal de Panamá. "Tienes razón —le respondí—, por eso le recordamos como el *estrecho* de Magallanes[58]".

---

[58] Juega con la denominación geográfica "estrecho de Magallanes" y el ser 'estrecho de mente, bruto' (lo cual, más bien, es la hermosa alumna, tan ignorante que desconoce que el canal de Panamá es una construcción comenzada a fines del siglo XIX y terminada en el siglo XX).

Sin embargo, fuera de las aulas el coeficiente intelectual se escurría a un segundo plano, y por ello los recreos tenían el brillo de una corte persa y la magia de los estudios de cine. En medio de aquel veraniego esplendor corporal, poco importaban las oraciones subordinadas, los ríos de Europa y las ecuaciones de tercer grado. Ahí estaba yo —como todos los días— mirando el patio con los ojos anegados de melancolía y desamor, cuando repentinamente la descubrí en un rincón repasando sus apuntes.

Las alumnas que deseaban llamar la atención acostumbraban colocarse en los lugares más visibles, se policromaban de colores relampagueantes y enseñaban generosas sus mejores muslos, escotes, ombligos y otros mundanos embutidos. Tales asechanzas no me afectaban, porque entre una niña despampanante y arrolladora, y otra austera y reservada, siempre he preferido a las segundas. Aunque debo admitir que las austeras y reservadas siempre prefirieron a los chicos despampanantes y arrolladores. Pero entonces yo creía que lo que natura me había negado la Trena me lo prestaría, y me abandoné a la ensoñadora contemplación.

Al principio me bastaba con mirarla y dejarme llevar por la imaginación, figurándome que ella también me prodigaba reojos y desvaríos; mas pronto sucumbí al hechizo que dibujaba su estampa bajo las moreras, y que me sugería litografías románticas y lienzos de Edgard Degas[59]. Por su indescifrable forma de suspenderse de pie supuse que debía ser bailarina clásica, pues era imposible adivinar cuál era su punto de apoyo, su puya[60] de punta. Ninguna chica andaba con más elegancia que ella, como flotando en la misma superficie donde los seres vulgares solo atinábamos a caminar. No, no le hacía falta la coquetería de otras alumnas, y la recuerdo de naranja, a veces verde y en ocasiones amarilla, como vestirían las hadas de un bosque luminoso y cereal.

Una tarde coincidimos en el paradero de la línea 59 y me dedicó la primera sonrisa que conservo traviesa en la memoria. Seguramente sabía que era profesor de la Trena —otros chicos y chicas también me saludaron— y correspondí radiante con la más matadora de mis morisquetas. En eso llegó el ómnibus de la 59-B y se me encogió el corazón al ver que se disponía a abordarlo. El mío era el 59-A porque el 59-B me dejaba a kilómetros de casa, pero después de aquel instante mágico no podía resignar la guardia y así me subí a ese autobús llamado deseo[61].

Durante el viaje charlamos, reímos y bromeamos acerca del examen de ingreso, sin darme

[59] El pintor impresionista Degas (1834-1917) es famoso por sus pinturas de hermosas y vaporosas bailarinas de ballet.

[60] *puya*: punta acerada de varas o garrochas.

[61] Una de las piezas teatrales más famosas del norteamericano Tennesse Williams (1914-1983) se titula *Un tranvía llamado deseo*.

cuenta que era como festejar el Día de la Madre ante una huerfanita. ¿Cuántos postulantes se presentaban a la Facultad de Letras de la Universidad Católica?, ¿verdad que la proporción era de un ingreso por cada diez aspirantes?, ¿con qué puntaje mínimo se aprobaría en 1979? Yo no había asistido a ninguna academia cuando me presenté a la universidad, e ignoraba que entre los estudiantes se fuera incubando una variante empollona[62] del *delirium tremens*[63]. De hecho, ella y su grupo se quedaban a almorzar en la academia para hacer las tareas juntos, acosar luego a los profesores de matemáticas y finalmente recrearse en el miedo que les daba aquella ordalía universitaria.

El ómnibus ya estaba tan lejos de casa, que cuando la vi tirar del cable de bajada me lancé tras ella para exprimir al máximo su exquisita compañía. Tanto la había ensoñado, que parecía mentira sentir el roce de su vestido y aspirar el aire que la acariciaba, como si fueran presagios de una ternura prometida. Anduvimos varios minutos durante los cuales traté en vano de llevar la conversación hacia temas más íntimos y personales, pero ella solo quería saber cómo preparé mi examen de ingreso, cómo vencí el temor al examen de ingreso y cómo había resuelto mi examen de ingreso.

---

[62] *empollona*: estudiante que se prepara mucho.
[63] *delirium tremens*: delirio, con gran agitación de miembros, ocasionado por el uso habitual y excesivo de bebidas alcohólicas.

Así llegué a su casa, convencido de que mi único atractivo consistía en haber aprobado el dichoso examen de ingreso.

Una vez en la puerta me agradeció las molestias y lamentó "ho-rro-res" haberme alejado de mi camino, a lo que respondí que estaba confundida, que yo vivía muy cerca y que precisamente aquel era mi recorrido de todos los días. Recuerdo que mirando al suelo susurró que era una pena, que si nos hubiésemos conocido antes al menos habría visto cómo enfrenté mi examen de ingreso, que entonces no le daría vergüenza pedirme ayuda y que tal vez así no sentiría tanto miedo. Decía esas cosas casi cantando, con una expresión tan hermosa y risueña, que me sentí como un helado derritiéndose en su cucurucho. Por eso me ofrecí veloz a repasarle todos los días, a todas horas y todo el tiempo, y ella me agradeció musical revelándome que se llamaba Alicia, pero que sus amigos le decían Licy. Me despedí para salir propulsado hacia las estrellas, y cuando estaba por Alfa Centauro sentí el arrullo de su voz:

—Oye, ¿y si mañana nos encontramos en el paradero? Como vives tan cerca podríamos ir juntos a la academia, ¿no?

Mientras me precipitaba a toda velocidad desde remotas galaxias, me abrasó el calor que irradiaba su atmósfera y en el delirio le dije que sí, que a un cuarto para las siete en el paradero de la 59-B. Y cerró la puerta sonriéndome, sin advertir que en mis ojos reverberaba lánguido el neón de las constelaciones.

Los cuatro kilómetros siguientes transcurrieron fugaces y amables, pero recién al llegar a casa tomé conciencia de la embrollante situación en que me había metido: para llegar a tiempo a las siete menos cuarto tenía que levantarme por lo menos a las cinco y media; ducharme, comprar el pan y desayunar en menos de media hora, y de ahí salir zumbando a las seis de la mañana y marchar a una velocidad de diez minutos por kilómetro. Todo ello, por supuesto, sin transpirar y aparentando que apenas había callejeado escasos segundos. Aunque Licy no era como esas niñas que juzgaban a los chicos por el físico, me hubiera encantado que al menos valorara mi estado físico, pues seguro que nunca nadie caminó, trotó y corrió más que yo, tan solo para conquistarla. Como aquella vez que perseguí al ómnibus mientras ella me jaleaba por la ventana. "¡Eres un dormilón!", me reprochó cariñosa cuando la alcancé tres cuadras más adelante.

Me encantaban los autobuses en su compañía, charlar con ella durante los soleados recreos y acompañarla del paradero hasta su casa. Mas por encima de todas las cosas gozaba repasándole los temas del examen de ingreso, y en cada episodio histórico, categoría gramatical o accidente geográfico deslizaba tímidas declaraciones de amor. Todas las tardes, después de un baño reparador, cogía mi vieja bicicleta y pedaleaba barruntando datos, fórmulas y nuevas estrategias que inculcarle. Tan solo me descomponía cuando repasábamos ciencias, pues siempre fui un algebrista desdichado y jamás la deslumbré resolviendo un acertijo logarítmico. Para mí la única geometría deseable se escondía en sus tobillos, y no existía incógnita que quisiera despejar tanto como sus pensamientos.

"¿Cómo ingresaste sin saber sacar una simple raíz cuadrada?", me interrogaba entre irritada y suplicante. Y entonces me autoinfligía la ingrata lectura de los más erizados tratados matemáticos, con la peregrina esperanza de que algún diablo cojuelo me revelara los arcanos del álgebra a cambio de mi alma inmortal. Por eso la exhorté a no responder más de diez preguntas del examen numérico, advirtiéndole que así había procedido en mi propia prueba de admisión. Además, le confesé que al chocolate de la leche le puse una etiqueta que rezaba "Aritmética", al frasco de Vitamina C otra que decía "Geometría" y a la caja de cereales una muy vistosa que en grandes letras coloradas anunciaba raciones de "Álgebra". "Con un desayuno así tienes que ingresar", le animaba. Y ella acogía tales argucias, medio incrédula y divertida, arrugando irresistible la nariz.

Una de esas tardes, mientras luchaba impotente contra una piscina que se vaciaba a razón de no sé cuántos litros por segundo, Licy me preguntó muy seria cuál era mi mayor deseo. "Que apruebes el examen de la universidad", le respondí deseando que se muriera por mí. Recuerdo que sonrió dulcemente y dijo que yo era "muy bueno", pero que en realidad lo que ella más quería en el mundo era llegar a ser una gran bailarina de ballet, ganar el Concurso Nacional de Trujillo y ser contratada por alguna compañía europea. "¿Me imaginas —exclamó aleteando las manos— bailando *El lago de los cisnes* en París o *La bella durmiente* en Viena?".

Si hubiera sabido algo más de danza clásica habría sido capaz de imaginarla, pero lo único que recordé fue un episodio de *Fantasía* de Walt Disney, donde unos hipopótamos y avestruces brincaban a los sones de Tchaikovsky. Así que sonreí para disimular mi ignorancia y continué mi lucha contra esa piscina que algún tarugo trataba de llenar con el desagüe abierto. Sin embargo, algo que no era mi torpeza me impedía resolver el problema: para Licy yo solo era "muy bueno", lo cual era casi tan triste como que me hubiera llamado "buena gente". Nunca esperé que deseara estar conmigo. Ni siquiera que soñara con un chico que le amara toda la vida. En realidad me bastaba con que deseara ingresar a la universidad, pues así al menos tendría alguna posibilidad de permanecer a su lado. Por eso me deprimí, porque colocarla de bailarina en Europa rebasaba mis posibilidades.

Aquella noche volví a casa con la firme determinación de zambullirme en la Enciclopedia Británica y devorar cuanto existiese acerca del ballet, así que me encerré en mi cuarto pertrechado de café, libretas y diccionarios, dispuesto a trabajar con la febril tenacidad de los visionarios, los fanáticos y los enamorados.

El mundo de la danza clásica resultó ser de lo más atractivo, incendiado de pasiones, estremecido por odios y salpimentado de intrigas. El propio desarrollo del ballet como un baile grácil, primoroso y ejecutado de puntillas nació de la rivalidad entre Fanny Elssler y María Taglione, quienes a mediados del siglo XIX abanderaron dos maneras incompatibles de bailar: pie a tierra y pie aéreo. *La Cachucha* de Fanny Elssler fue derrotada por *La Sílfide* de María Taglione, y desde entonces las bailarinas clásicas son sílfides: seres del aire, sutiles e inalcanzables. Tal vez por eso las coreografías más célebres fueron dedicadas a las bailarinas que algunos compositores amaron en vano: Perrot compuso *Giselle* para Carlota Grisi, Marius Petipa dedicó *La marcha de los inocentes* a Mariya Surovshchikova, y Mikhail Fokine no encontró mejor manera de expresarle su amor a la Pavlova que consagrándole *La muerte del cisne*. ¿Qué habrían sentido esos hombres cuando vieron bailar a las mujeres que amaban las danzas que soñaron para ellas? Así de conmovido me sorprendió el amanecer, fantaseando enamoradas coreografías para Licy.

Mientras bebía los vientos por ella trotando a través de las calles escarchadas de rocío, asumí resignado que Licy jamás me querría ni envuelto en papel de regalo. Pero al menos deseaba que me recordara como el amigo que hizo todo lo posible por ayudarle a ser bailarina profesional, y no como el pesado que la martirizó con el bendito examen de ingreso. La imaginé interpretando *Ondina*, *Esmeralda* y *La hija del faraón*, y me sentí un poco *El espectro de la rosa*.

A lo largo del trayecto a la academia la exhorté a presentarse al Concurso Nacional de Trujillo, le advertí de lo infeliz que sería si renunciaba al ballet y la animé a olvidarse para siempre de la universidad. Licy me escuchaba con la muda expresión de asombro que invade a quienes llegan vírgenes al psicoanálisis, y a modo de réplica balbució que la academia había costado mucho, que el examen de ingreso ya estaba pagado y que cómo le podía hacer algo así a sus padres. Aquellas excusas tan absurdas me hicieron ver que al fin había penetrado en los delicados territorios de su intimidad, y ahí decidí plantarme con todos los aperos de combate.

Comencé reprochándole que no pensara en lo que se estaba haciendo a sí misma y que más bien eran sus padres los que debían respaldar sus decisiones. Le hablé de los años que llevaba dedicados al ballet y la apremié a responder si le compensaba sacrificar tantos sueños a cambio de un plomizo despacho de abogados. Cuando bajamos del autobús le deseé que su sensibilidad, constelada de dulzura, sobreviviera a pesar de las querellas, los juzgados de guardia y los levanta-mientos de cadáveres que le aguardaban.

Hasta entonces siempre había sido yo quien la buscaba en los recreos, pero aquel día salió resuelta a mi encuentro para confesarme que estaba desesperada, que no quería ingresar a la universidad y que no sabía cómo decirle a sus padres que deseaba ser bailarina (ella ignoraba que bailarina sería siempre porque todo lo hacía bailando). De pronto comprendí que por primera vez me estaba concediendo un papel de impor-tancia en el largometraje de su vida, y procuré representarlo como si peleara por el Oscar al mejor actor secundario de mi vida.

Antes que nada le resté toda trascendencia al examen de ingreso, asegurándole que dentro de unos años se reiría de las angustias presentes. Si su meta era bailar en alguna compañía europea, la universidad debía ser una estación de paso. Ni siquiera un trampolín sino un simple peldaño. ¿Y si no ingresaba?, quería saber. ¡A la mierda! (a veces no hay más palabras), pues aquel accidente insignificante no cambiaría en nada los planes que estaba trazando. Nunca me pareció menos impertinente el timbre de la academia, y al despedirnos la vi acariciar entre los dedos la monedita redonda y sonora de mi persuasión.

Hasta entonces había paseado mi torpeza por todos los autobuses de la línea 59-B, pero esa tarde, mientras regresábamos a casa, le hablé con el aplomo que solo tienen los conquistadores veteranos y los amantes rechazados. Así me pude recrear, por ejemplo, en los majestuosos álamos del Golf Club, en la edad soñarrera de los olivos de San Isidro y en los renegridos ficus de la avenida Pardo, barnizados de atardeceres. Antes de saber si me quería, esa conversación me habría parecido una solemne cojudez, pero sabiendo que jamás me haría caso las cojudeces que dije adquirieron una gran solemnidad.

Durante la caminata del paradero a su casa la hice reír con la caricatura de los peruanos que Léonide Massine perpetró en la *Gaîtè Parisienne*; busqué algún destello de ternura contándole la historia de amor entre Margot Fonteyn y el embajador de Panamá en Londres, y la herí de melancolía después de relatarle los últimos años de Nijinsky, varado como una ballena en la soledad blanca de los manicomios.

Ya en su puerta y con los ojos arrasados de tímidas lágrimas, susurró que era vegetariana y me preguntó si me gustaban las ensaladas. Comprendí que al fin me estaba invitando a comer con ella, aunque no de la manera que había soñado: en el comedor principal y listo para ser examinado bajo la lupa de sus padres y de toda la parentesca. En cambio, acodado sobre el mantelito a cuadros de la mesa de la cocina me sentí un cuadrito más en la vida de Alicia y le dije que sí, que me encantaban las ensaladas. Total, ¿no había renunciado al amor de su carne por la verdura de su amistad?

Aquella tarde le expliqué cómo toda la literatura, el arte y la historia universal cabían en las coreografías del baile clásico. Me extendí enamorado en la enemistad de Fanny Elssler con María Taglione, y le revelé cómo gracias a *La Sílfide* quedó establecido el canon del ballet, que según Carlo Blasis podía contemplarse en "El Mercurio" de Giambologna. A veces pienso que esos minutos fueron mágicos y que ahí estuvo alguna vez mi oportunidad de besar un sueño, pero la fuerza no me acompañó y preferí hablarle de esos amores no correspondidos que dieron origen a *Giselle*, *La muerte del cisne* o *Romeo y Julieta*, que la bella Ulanova interpretó sin saber que Prokofiev era Romeo. ¿Sabría Licy que ella era Julieta?

En otra edad o en otro tiempo quizá me habría atrevido a decirle cuánto la quería, pero a cambio nadie me ha mirado con la ternura y la unción que Alicia me regaló aquella noche en que decidió ser bailarina. Nunca la vi más feliz. Ni cuando ingresó a la universidad, ni cuando se echó un novio, ni cuando ganó el Concurso Nacional de Trujillo, ni cuando se fue a Europa a bailar en una compañía holandesa. Por eso no me importó que se alejara volando de mi vida, como una pluma en el aire, como un retazo de nube, como una sílfide.

Camille

E porque es costumbre de mançebos usada
querer sienpre tener alguna enamorada,
por aver solaz bueno del amor con amada,
tomé amiga nueva, una dueñaençerrada.

LIBRO DE BUEN AMOR, 167

Las malas lenguas de la academia decían que Camille quería ser monja. ¿Una monja con nombre francés?, se reían mis compañeros. La verdad es que entre tanta rufiana llamada Brigitte, Juliette o Madeleine, parecía mentira que hubiera chicas purísimas que nada tuvieran que ver con las putísimas. Y es que todo lo afrancesado en el Perú de 1979, si no era revolucionario era más bien prostibulario.

Así, mientras los intelectuales comprometidos leían a Foucault[64], devoraban cada número de

---

[64] Michel Foucault (1926-1984), filósofo francés muy celebrado por la izquierda intelectual de esos años.

la revista *Annales*[65] o soñaban con las proezas dialécticas y conyugales de Althusser[66]; los libidinosos criollos se banqueteaban a las huachafas *vedettes* del *Pigalle*, alquilaban habitaciones por horas en las *garçonieres* del "Cinco y Medio" o simplemente acudían al "Trocadero", el burdel más famoso del Callao. También existían afrancesados en los dos sentidos (el filosófico y el falosófico[67]), como un general que fue ministro del Gobierno Revolucionario de las Fuerzas Armadas y que citaba indistintamente a Jean-Paul Sade y al Marqués de Sartre[68]. Una cosa no quitaba la otra, y entonces era tan afrancesado[69] el que hacía el 68 como el que hacía el 69. Pero Camille era diferente.

Su mirada transmitía una perturbadora serenidad, movía las manos como si estuviera multiplicando los peces[70] y su voz tenía la dulzura de las salves conventuales. Contemplándola me imaginaba a Santa Genoveva de París, a Santa Clotilde reina de los francos y a Santa Bernardette, todas

---

[65] Revista francesa identificada con nuevas corrientes para el estudio de la historia. Ideológicamente de izquierda.

[66] Louis Althusser (1918-1990), filósofo francés renovador del marxismo; de moda entre la izquierda intelectual de esos años.

[67] *falosófico*: ingenioso neologismo derivado del miembro viril 'falo'.

[68] Confunde al pervertido (lo falosófico) Marqués de Sade (1740-1814) con el creador literario y filósofo (lo filosófico), de ideas revolucionarias, Jean-Paul Sartre (1905-1980).

[69] Juego ingenioso entre la izquierda revolucionaria (el mayo francés del 68, al cual apoyó Sartre: el lado filosófico) y el abrazo de la cópula sexual (la figura 69: lo falosófico).

[70] Alusión al milagro de Jesús.

Fernando Iwasaki

rezándole a la Virgen de Lourdes para que Camille se quedara como estaba, porque ella era la reserva espiritual de Francia, Lima, Callao y balnearios[71].

Después de los exámenes de marzo, la Trena recibía a los alumnos que no habían ingresado a la Universidad Católica y los preparaba para la selectividad de la Universidad de Lima. A mí me daba cosa repetir el rollo de la Historia del Perú a los mismos alumnos del ciclo anterior, pero Camille me sonreía y se volvía a jaranear con los chistes y bromas que ya me había escuchado durante el verano. ¡Cómo no me fijé en ella entonces! Fantasear con Camille me hacía olvidar desengaños que no quería recordar. ¿Sería verdad que deseaba ser monja?

Una herrumbrosa tarde de mayo me propuse salir de dudas y la abordé para invitarle a comer el fin de semana. Me miró como si fuera el ángel de la anunciación[72] trayendo un mensaje equivocado, y tras una pausa que se me hizo eterna me preguntó si estaríamos los dos solos. Casi respondo que Dios siempre estaría con nosotros, pero de puro celoso le dije que sí, que solo ambos dos.

Camille volvió a escrutarme con esa expresión de amable reproche que ponen las hermanitas misioneras cuando sorprenden a los negritos

---

[71] Lima, Callao y balnearios: expresión acuñada para mencionar todo el entorno vinculado a la capital del Perú.
[72] El Ángel Gabriel anunciando a María que iba a concebir un hijo del Espíritu Santo.

africanos merendándose a un negrito de la tribu vecina, y tras otro segundo interminable me pidió que la disculpara, que tal vez su soberbia era mayúscula (lo dijo así, con mayúscula), pero temía que yo pudiera sentirme atraído por ella y de una vez era preferible que supiera que su camino era servir a Dios. ¡Que no, que no insistiera, por favor! Y que no la viera con ojos que no fuesen los de la amistad y la fraternidad.

Cualquier otra persona en mi lugar quizá se habría desanimado, mas yo era curtido en calabazas[73] y estaba más que preparado para una respuesta como aquella: "No es lo que tú piensas —rezongué[74] sin mirarle a la cara—. Estoy atravesando una crisis de fe y había pensado que solo tú podías ayudarme a recuperarla. Camille, ¿y si tengo vocación?, ¿y si Dios también me quiere a su servicio y no escucho su llamada? No me niegues ese favor, Camille".

Conmovida hasta las lágrimas Camille me abrazó con infinita ternura, y mientras me daba fraternalmente la paz, yo me sentía de lo más afrancesado disfrutando de los escarceos de la *fraternité*[75]. Definitivamente, para haber sido rechazado de nuevo no estaba tan mal. Y la seguí estrechando tembloroso y desvariante.

Fernando Iwasaki

---

[73] Dar calabazas: desairar la mujer al que le requiere de amores.

[74] *rezongar*: refunfuñar a lo que se manda, ejecutándolo de mala gana.

[75] *fraternité*: en francés, 'fraternidad'. Alusión a uno de los ideales de la Revolución Francesa: Libertad, Igualdad y Fraternidad.

Cuando llegó el sábado planifiqué cuidadosamente mi estrategia: primero la recogería con el carro de papá, luego iríamos a comer la delicada *pastaciutta* del Roxi, la sobremesa transcurriría musical entre canciones de los *Beatles* en El Sargento Pimienta, y terminaríamos la velada tomando nerviosos un cóctel en el Chelsea. Las horas previas a las citas eran las más gustosas para mí, porque entonces me salía bien todo lo que después no tendría el valor de repetir.

Los padres de Camille fueron encantadores conmigo. Me hicieron las preguntas de rigor acerca de mis estudios, mi trabajo y mi familia, y hasta quisieron saber si yo era pariente de su médico, coincidencia que interpreté como un presagio feliz. Prometimos volver antes de la medianoche y salimos corriendo de su casa, quizá deseando despistar a los relojes.

Durante la cena quise saber por qué postulaba a la universidad si más bien deseaba ser religiosa, y Camille me dijo que si aprobaba el examen de ingreso luego podría convalidarlo en Estados Unidos, donde estaba la escuela de la congregación religiosa en la que había decidido profesar. Así me enteré que tenía pensado presentarse al Inmaculata College, la casa matriz de las monjas del colegio Villa María, mismamente donde ella había estudiado. ¿Por qué, Camille?, ¿tan fuerte es tu vocación?, ¿nunca te has enamorado?

Camille no se turbaba con esas preguntas, como si las hubiera respondido varias veces antes de conocerme. "A nuestra edad nadie se enamora —me replicó muy seria—. Amar es renunciar a todo, y a nuestra edad nadie quiere renunciar a nada. Una vez tuve un enamorado que fue súper egoísta y que sin proponérselo me reafirmó en mi vocación. Ningún chico me puede querer tanto como para dejar de ser él mismo por mí". Y yo, que había probado ser todas las salsas según los ravioles que me gustaban, callé para que aquella no fuera la última cena[76].

—¿Y tú, se puede saber por qué tienes una crisis de fe?— me interrogó preocupada.

—A mí me pasa como a ti —respondí—. No encuentro a nadie que me quiera como solo yo sería capaz de hacerlo.

Entonces Camille me cogió la mano y se preguntó entre suspiros qué habría querido Dios al reunirnos esa noche. Lo dijo con tanta pasión que de inmediato pedí la cuenta dispuesto a averiguarlo. A cada persona le corresponde al menos una noche colmada de magia, y la mía se insinuaba prometedora. Especialmente cuando Camille me dijo que mejor no fuésemos al Sargento Pimienta, sino a un sitio íntimo, tranquilo, donde pudiésemos estar juntos dentro del carro. "Si quieres vamos al circuito de playas.

[76] Alusión a la Última Cena de Jesús con sus apóstoles.

Ahí van las parejitas, ¿no?", acotó. Y yo aceleré casi traspuesto, porque Camille parecía estar al *dente*, como ravioles hervidos en agua bendita.

El circuito de playas era un verdadero campo de maniobras románticas, donde el rumor del mar y los aromas de tantos mariscos propiciaban caricias, besos, apachurres y alguna que otra correría por los vellosos arrecifes del deseo. ¿Cómo era posible que Camille me hubiera sugerido ir a un sitio así?, me preguntaba entre perplejo y agradecido. La luna llena se reflejaba turbia entre las olas negras, como una hostia sucia y venenosa.

Rodeados de parejas que se buscaban en la oscuridad, miré a Camille para encontrarla cuanto antes. No sabía si besarla sin decirle antes nada o besarla sin decirle nada después, cuando de la cartera sacó un envoltorio que ella sí besó con unción y me dijo muy seria: "Vamos a rezar el rosario. Para que recuperes la fe y para que la gente de los carros no caiga en la tentación". Ya olvidé si dije amén, mas sí recuerdo que al recuperarme de la impresión le confesé a Camille que no sabía rezar el rosario.

Con una bondad evangélica me explicó que en el santo rosario hay tres misterios que se dividen a su vez en cinco, y que por cada diez Avemarías se reza un Padrenuestro; pero como yo siempre he sido de letras me hice un lío con tanto número y Camille solo atinó a pedirme que rezara junto con ella. Era de noche y sábado y tocaba misterio de Gloria.

En realidad, a gloria me sabía el misterioso movimiento de los carros estacionados en la playa, balanceándose como los abalorios que Camille veneraba en místico delirio. Quizá un seductor más experimentado la habría tomado ya entre sus brazos, pero a mí la inexperiencia me había enseñado que si una chica te pide revolución hay que darle revolución, y que si pide rosario hay que darle rosario. En esas cavilaciones estaba cuando pensé que Camille jamás me haría caso siendo solo un devoto más. Si la fe conmovía montañas entonces debía conmover a Camille, mi adorada montaña. Y así como Cristo expulsó a los mercaderes del templo, yo decidí expulsar a los afrancesados de la playa.

Miré la hora, amé a Camille tan callando y recé lo que ella rezaba, por si acaso. Entonces tragué saliva y salí gritando del coche, como poseído de la intransigente temeridad de los mártires:

—¡Arrepiéntanse, pecadores! ("Mira, mi vida. Un loco"). ¿Acaso creen que Dios no los está mirando, eeeh? ("¡No te acerques al carro, huevón, o te mato!"). ¡Aplaca, Señor, tu ira, tu venganza y tu rencor! ("Pásame mi vestido, rápido"). ¿Cuántas menores de edad hay aquí, por el amor del Cielo? ("¡Suéltame, Vanessa, que le saco la entreputa!"). ¡Ahora todas tendrán que enfrentarse a sus padres que ya están en camino! ("¡Uy, arranca, arranca, gordo!").

Y en medio de la estampida de motores y la ventisca de arena, sentí con sobresalto que alguien me asía por la espalda. Lo peor no era que me desgraciaran una mejilla, sino que por Dios y por Camille todavía tenía que presentar la otra. No obstante, en lugar de un energúmeno infernal vi a mi angelical Camille, que bilocada[77] desde el Séptimo Cielo[78] me contemplaba extática con cara de estampita. "Nunca he conocido a nadie como tú —me susurró en trance—. Eres maravilloso". Y me abrazó enfervorecida, con la luna reverberando en el espejo de sus ojos como una hostia consagrada. Era un sueño, un milagro, una señal. No me amaba, pero casi.

Mientras volvíamos a su casa me habló del profeta Daniel y los leones de Babilonia, de los Hechos de los Apóstoles y de Santa María Goretti. Mi heroico gesto le había impresionado muchísimo, pero en lugar de verme como un templario victorioso ungido en sangre sarracena, Camille me miraba con la entusiasmada certeza de que lo mío era el martirologio. "Mañana debes

---

[77] *bilocada*: ubicada en dos sitios a la vez. En este caso, en la playa y en el Séptimo Cielo.

[78] *Séptimo Cielo*: expresión que remite a sentirse transportado de gozo muy intenso, como en éxtasis.

acompañarme a la misa de doce en Marconi —me ordenó con una expresión de arrobo que ya empezaba a inquietarme—. El padre Harold tiene que conocerte". Y yo asentí, pues para mí lo que dijera Camille iba a misa.

Saltándome los semáforos a toda velocidad, reparé en que mis padres se habían casado en la misma parroquia de la calle Marconi. ¿Otro signo divino, Camille? Todavía recuerdo que me dejó su rosario para que siguiera rezando, y recé porque no fuese de su madre, ya que no se lo pensaba devolver[79]. Embalé a fondo y seguí desdeñando luces rojas, pues por primera vez mi futuro era verde como la ecografía de un loro. "Los claxon suenan —pensé—, señal de que avanzamos[80]". Y volví a pisar fierro porque aquella noche estrenaba ángel de la guarda.

La inminencia de esa misa no me permitió dormir, y en la duermevela recordé mi primera comunión: la zozobra del día anterior, el suave olor de los lirios en la iglesia de Miraflores, la vanidad que sentí cuando completé mi álbum y ese aire a hospital que adquirió el colegio con tanto niño vestido de blanco. De pronto entreví el rostro doliente de Camille y me asaltó la ver-

[79] El vals peruano "El rosario de mi madre" implora "devuélveme el rosario de mi madre / y quédate con todo lo demás".

[80] Reelabora una de las frases más famosas del *Quijote*: "Ladran, Sancho; señal de que avanzamos".

güenza, o el remordimiento de saberme avergonzado. Nunca lo supe. Todavía no lo sé.

A las doce menos cuarto del día siguiente llegué aún confuso y enamorado a la capilla de Marconi. Camille me aguardaba en la puerta en compañía del padre Harold, quien repartía bendiciones entre los chiquillos que picoteaban sus manos como palomas engominadas. Aquella bienvenida tenía un algo de simulacro de *Jesuschrist Superstar*, pues el coro de la parroquia me recibió al son de salmos y canciones de Mocedades, mientras Camille me saludaba con el mismo regocijo empalagoso y postizo de sus compañeros. Para mi estupor el propio padre Harold abrió los brazos y me estrechó como si fuera Lázaro recién salido del hoyo[81], y así entramos a la iglesia entre aleluyas y hosannas. No sabía si sentirme como el burro de la flauta[82] o como el burro del Domingo de Ramos[83], pero un burro al fin y al cabo.

La homilía del padre Harold fue un sermón de combate: los pecados carnales tenían las horas contadas, porque bajo el reinado del nuevo Papa elegido hace unos meses la lujuria sería erradicada del mundo. Dios Todopoderoso les infundiría valor a sus virginales fieles, y ya en este humilde rincón

---

[81] La resurrección de Lázaro, milagro de Jesús.
[82] En el Antiguo Testamento, un burro sopla una flauta y toca música sin proponérselo (connota buena suerte o acertar de casualidad).
[83] Jesús entró a Jerusalén sobre un burro, el Domingo de Ramos.

de la cristiandad, mismamente en Perú, un soldado de Cristo había librado la primera batalla contra los fornicarios y la gran ramera del Apocalipsis. Yo advertí sobrecogido cómo aquellos bienaventurados me relamían con embobada fascinación, y rogué a Dios Padre que apartara de mí aquellos cálices, aunque no fuera su voluntad sino la mía[84].

Solo Camille permanecía quieta, mirándome sin verme, con sus labios áridos de besos entreabiertos como si hablara con las almas invisibles, quizá soñando sueños de santidad. Mi dulce Camille, que no entendía que la santidad se alcanzaba después de ensuciarse en las tentaciones[85].

—¿Por qué no comulgaste? —quiso saber cuando terminó la misa.

—No estoy preparado —mentí—. Prefiero no hacerlo hasta que aclare mis dudas, mis sentimientos.

Y el caso es que nunca dudé, pues yo solo deseaba que Camille cayera desfallecida por la revelación fulgurante de mis sentimientos. Así fue como empecé a tocar guitarra en la parroquia de Marconi todos los domingos, a celebrar místicas vigilias, a ser asiduo en las convivencias,

---

[84] En el Huerto de los Olivos, Jesús en un momento de intensa agonía solicita a Dios Padre "aparta de mí este cáliz" (el cáliz de su Pasión, de su cercana crucifixión), para terminar aceptando su Pasión ("hágase tu voluntad y no la mía").

[85] Alude a santos que primero fueron víctimas de las tentaciones, incluso grandes pecadores.

a hostigar a los transeúntes con mi alcancía del *Domund* y a dictar charlas contra la masturbación (recuerdo que dije que hacía daño a la memoria y a otras cosas que ya me olvidé)[86]. Durante más de tres meses traté de seducirla con franciscana paciencia, zalamería benedictina y trapicheos jesuitas; mas la piadosa Camille solo captó lo adjetivo y nunca lo sustantivo. "¿En qué congregación te gustaría ingresar?", me interrogaba nimbada[87] de inocencia.

A medida que pasaba el tiempo me convencía de la inutilidad de mi apostolado, pues cuanto más virtuoso me creía ella tanto más se alejaba de mí. Es chocante, los buenos católicos desean convertir al prójimo, mas no están dispuestos a ser convertidos por los prójimos. Insondable paradoja que se parecía a mis pugnas con Camille: yo soñaba con sacarla del convento, y ella soñaba con mandarme a Camboya de misionero ("Es que allí recibirías martirio antes", me decía con envidia de santa capuchina). A lo mejor me amaba, pero yo necesitaba un amor más egoísta y pagano, como una sonata de primavera[88].

---

[86] El "ya me olvidé" sugiere que, por masturbarse, ha debilitado su memoria.

[87] *nimbada*: con la aureola que rodea la cabeza de las figuras religiosas.

[88] Se refiere a la *Sonata de Primavera*, primera novela de un cuarteto de obras eróticas (las *Sonatas*) escrito por el español Ramón María del Valle-Inclán (1866-1936). La *Sonata de Primavera* narra el intento frustrado de seducir a una joven de veinte años que quiere ser monja.

Cuando aprobó el examen de ingreso y me comunicó que tenía todo dispuesto para incorporarse al Inmaculata College, concluí que aún me quedaba una última carta: la sinceridad. Siempre he creído que si las mentiras fracasan todavía es posible revocar el destino diciendo la verdad; porque la verdad nos hace libres[89], pero hay que ver cómo esclaviza a quienes no les queda más remedio que convivir con nosotros. Camille tenía que ser esclava de mi verdad.

La noche del sábado transcurrió lenta y dolorosa, como los partos de los niños que nacen muertos. Varias veces me pregunté si mi decisión sería correcta, y otras tantas resolví que no había más alternativa. La enfermiza luz del amanecer me sorprendió escudriñando las páginas de mi álbum de primera comunión, entre desvelado y arrepentido por mis cándidas alevosías.

Durante la misa de doce toqué guitarra, leí la primera lectura e hice una petición con segunda: por los peores pecadores, para que nunca falte alguien que rece por ellos ("Roguemos al Señor", respondió militante Camille). Luego me acerqué a ella pálido de quimeras, y muy quedo susurré a su oído que deseaba comulgar. La súbita felicidad que irradió casi me hizo desistir de mi secreto cometido, pero al sentir su mano buscando la mía saqué fuerzas de flaqueza. "Camille —murmuré—,

Fernando Iwasaki

---

[89] Jesús: "La verdad os hará libres".

no soy digno de que entres en mi casa, pero una palabra tuya bastará para casarme[90]". Y comulgamos como dos novios desahuciados.

Jamás olvidaré que anduvimos de la mano por toda la avenida Dos de Mayo, y que fui feliz mientras nos envolvió el perfume azul de los jacarandás. Ya próxima la esquina de su casa me detuve y reuní aplomo para decirle que la quería. "Yo también te quiero", contestó. No muy convencido le dije que no, que más bien la amaba; mas su respuesta fue la que temía: "Yo también te amo como a mí misma. Como el Señor nos enseñó". Entonces la abracé —con ternura, con delirio, con deseo— y como era de esperar, me afrancesé. Su cuerpo se tensó como una cuerda de guitarra, sus mejillas se incendiaron de sangre y su cuello virgen tembló exangüe ante la profanación de mis labios.

—¿Por qué has hecho eso? —exclamó horrorizada.

—Porque te deseo —repliqué consciente de las consecuencias—. Y como sé que no puedo impedir que seas monja, por lo menos quiero que me recuerdes como un pecador más y no como un cucufato cualquiera.

—¡Nunca me acordaré de ti!, ¡has dejado de existir para mí!, ¡no eres nadie!

—¡Cómo! ¿No ibas a rezar por los peores pecadores? —retruqué cínico.

---

[90] Cambia el "bastará para sanarme" por "bastará para casarme".

—Los peores pecadores son los que se alejan deliberadamente de Dios. No quienes se quieren pasar de vivos con la primera chica que se encuentran —me fulminó de lo más teosófica.

—Entonces acepta esto —le dije entregándole mi álbum de primera comunión—. Tú sabrás mejor qué hacer con él. Quizá leyéndolo me veas de otra manera. —Y la alejé de mi vida para incrustarme en la suya.

Aquella misma noche un discreto mensajero dejó un paquete en casa, y cuando lo abrí encontré lo que esperaba: mi álbum y una nota breve y estremecida: "Si Cristo no te ha vomitado de su boca, ¿quién soy yo para hacerlo? Reza conmigo por ti. Camille".

Me quedé un instante observando la blanca encuadernación que tenía entre manos, y recordé con cuánta devoción me propuse acopiar todas esas estampas, capillos, invitaciones, novenas y vitelas relacionadas con mi comunión, incluyendo fragmentos de cíngulos y gotas de cera de las velas de mis compañeros. Mi álbum solo tenía que ser mejor que el de mi hermano mayor, pero Camille fue incapaz de comprenderlo. No importaba. Su espanto y su repugnancia fueron el precio que tuve que pagar para que se acordara de mí cada vez que rezara, como una amante despechada y rencorosa.

Así pasé una carilla tras otra hasta que llegué al final de aquel sagrario de reliquias eucarísticas, y pensé que la carta de Camille debía permanecer ahí, en la misma página que provocó su cristiana misericordia. Y la pegué junto a la hostia de mi primera comunión.

Alejandra

Pero, tal lugar non era para fablar en amores;
a mí luego me venieron muchos miedos e tenblores:
los mis pies e las mis manos non eran de sí señores,
perdí seso, perdí fuerça, mudáronse mis colores.

LIBRO DE BUEN AMOR, 654

Nunca me arredró ser moreno cuando los rubios se pusieron de moda, ni ser bajito cuando los altos se las llevaban al huerto, ni ser más bien feúcho cuando hasta los guapos bajitos y morenos dieron buen resultado. No. A mí lo que me tiró por los suelos, literalmente, fue amar sin saber patinar.

En realidad no hacía falta ser rubio, alto e irresistible para enamorar a una chica rubia, alta e irresistible, siempre y cuando uno fuera capaz de ejecutar con destreza y elegancia cualquiera de las sofisticadas suertes que los caprichosos rituales del cortejo exigían. Recuerdo que dejé pasar la moda del *motocross* porque sufría de vértigos, fingí indiferencia hacia la tabla hawaiana porque el mar me daba pánico y me hice el loco cuando todo el mundo empezó a tirarse de cabeza desde empinadísimos trampolines. Corrían los días en que las chicas presumían de pretendientes que se precipitaban por ellas desde cumbres cada vez más borrascosas[91], y esa coquetería prometida era la recompensa de los mercenarios del clavado. "¿Tú te tirarías por fulanita?", me preguntó en vano la íntima amiga, sin saber que sobre un trampolín yo no era capaz de tirarme[92] a nadie.

Sin embargo, en 1980 se estrenó en Lima uno de esos musicales discotequeros que hizo felices a muchas parejas y riquísimos a unos cuantos traumatólogos: *Roller Boogie*. Travolta y los Bee Gees habían pasado a mejor vida y una legión de salicias chicas y nemorosos muchachos[93] patinaban a toda velocidad al son de las canciones de Supertramp. Como el argumento era el de siempre las consecuencias fueron las mismas: la fiebre de los patines reemplazó a la fiebre de sábado por la noche[94]. Y quien no patinaba no ligaba.

---

[91] Alusión a la novela romántica *Cumbres borrascosas* de Emily Brontë (1818-1848).

[92] Dos acepciones de *tirar*: lanzarse del trampolín; y copular sexualmente.

[93] Salicio y Nemoroso se llaman los dos pastores enamorados de la Égloga I del poeta español Garcilaso de la Vega (ver la nota 4, p. 14). Ingeniosamente sugiere que las muchachas son bellas y con salero, sabrosas; y los muchachos silvestres, salvajes (nemoroso: relativo a los bosques o selvas).

[94] La película más famosa de John Travolta, con música de los Bee Gees: *Fiebre de sábado por la noche*.

En realidad jamás creí que las cosas me fueran a ir sobre ruedas[95], pero más tarde o más temprano confiaba llegar a patinar con una mínima soltura, siquiera la necesaria para escribir una página decente en mi *ridículum vitae* amoroso. Llevaba un par de meses sin enamorarme y tenía que estar vigilante, como los boxeadores que prefieren perder por puntos para evitar el *knock out*.

Así, de la noche a la mañana Lima se llenó de empeñosos patinadores que se entrenaban en colegios, universidades, plazas y malecones, con la única finalidad de acudir a flirtear los fines de semana al parque de Barranco y a la concha acústica de Miraflores, un bello escenario construido al aire libre sobre las soñolientas cornisas de los acantilados. Allí uno podía encontrarse con las mujeres más lindas y fascinantes, que por supuesto habían nacido patinando. Era perturbador verlas rodar tan veloces, resplandecientes e inalcanzables. Cada vez que las contemplaba luminosas como estrellas fugaces, pedía un deseo que nunca se cumplió[96]. Las chicas podían ser distintas pero el deseo era siempre el mismo.

Uno de esos sábados barranquinos, Dante, Paloma y Mónica me presentaron a Alejandra, quien deseaba postular a la Universidad de Lima y

---

[95] *ir sobre ruedas*: en el lenguaje familiar, salir las cosas fácilmente y a gusto.
[96] La costumbre popular de pedir un deseo al ver una estrella fugaz.

para ello se había matriculado en la Trena. Dante era el subdirector de la academia y Paloma su esposa. Mónica era la hermana de Paloma y Alejandra su mejor amiga. Y como yo era el enamorado de guardia, me enamoré sin remedio de Alejandra, mi Dulcinea encantada[97]. Entonces, mientras veía cómo borneaba[98] escorzos[99] entre aquella resbaladiza multitud, comprendí que además de las pilas, también tendría que ponerme los patines.

De niño había usado unos cachivaches con rodajes que nunca dominé completamente, pero años más tarde los patines se habían vuelto más intrincados y aerodinámicos. De hecho, ya nada tenían que ver con la "plancha que se adapta a la suela del calzado y lleva una especie de cuchilla o dos pares de ruedas", como insistía contumaz el *Diccionario de la Real Academia*. Los patines de 1980 eran verdaderas prótesis[100] rodantes provistas de frenos, apliques fosforescentes y otras virguerías[101] que jamás imaginé cuando era pequeño. La verdad es que uno se caía igual que con los antiguos, pero la sensación de modernidad no te la quitaba nadie.

---

[97] *Dulcinea*: la amada idealizada del Quijote. En la segunda parte del Quijote, Dulcinea es presentada "encantada", víctima de hechizos.
[98] *bornear*: dar vueltas. Hacer figuras en un baile.
[99] *escorzos*: figura acortada según las reglas de la perspectiva, en la pintura.
[100] *prótesis*: órgano artificial para reparar la falta de él en el cuerpo.
[101] *virguerías*: adornos, refinamientos añadidos a alguna cosa o trabajo.

Cada época tiene sus proezas románticas y sus héroes rampantes[102] o patéticos, y a mí me había tocado nacer en un siglo deportivo donde aparte de las competencias, los malparados perdíamos el amor, la dignidad y cualquier cantidad de dinero. Los dichosos patines me salieron carísimos porque tuve que encargarlos a Miami, y mientras llegaban y no llegaban cada hora de alquiler equivalía a un *LP* de los Beatles o a dos libros de bolsillo de mi editorial favorita. Por ejemplo, solo con lo invertido en mi primera semana de prácticas pude haberme comprado los siete tomitos de *En busca del tiempo perdido*[103], título que se me antojó premonitorio a la vista de mis cardenales, moratones y magulladuras varias.

Un fin de semana más tarde volví al parque de Barranco con la esperanza de hacerme el encontradizo, y arrendé un par de patines con la certeza de acabar en el piso. En el terrazo de la cochera de casa había logrado permanecer de pie casi diez minutos y conseguido avanzar unos cuantos metros con el aplomo de un funambulista[104] borracho, pero en Barranco cientos de patinadores cruzarían raudos a mi lado, ignorantes del peligro que corríamos. Mientras me ataba esas turbulentas

---

[102] Alusión a *El barón rampante* del escritor italiano Italo Calvino (1923-1985).

[103] *En busca del tiempo perdido*, la monumental novela del francés Marcel Proust (1871-1922).

[104] *funambulista*: volatinero que hace ejercicios en la cuerda o el alambre.

botas, recordé aquel cuento infantil de las zapatillas rojas que no cesaron de bailar ni cuando un leñador le amputó los pies a la desobediente protagonista[105]. Y temiendo encontrarme con Alejandra, salí a buscarla para esconderme de ella.

Los poemas homéricos y las sagas medievales volvían a mi memoria pobladas de valerosos paladines oleados[106] de nobleza y melancolía incluso en la derrota, ya que las bellas aqueas[107] y las dulces doncellas premiaban con delicada ternura los quebrantos y fatigas de sus enamoradas víctimas. Pero en mi triste realidad un traspié, una caída o un resbalón convocarían la risa, el desdén y la malevolencia. Por eso resolví no complicarme la vida y circular como un cuadrúpedo que de pronto descubre que es bípedo y que encima le han puesto patines. O sea, despacito, despacito, de farola en farola, de macetón a macetón y de papelera en papelera. Así anduve hasta que un gordito en el camino, me enseñó que mi destino era rodar y rodar[108].

Como el patinaje barranquino era una disforzada ceremonia de cortejo y seducción, el perso-

Fernando Iwasaki

---

[105] Argumento de uno de los cuentos del noruego Hans Christian Andersen (1805-1875).

[106] *oleados* (de óleo): ungidos.

[107] Los aqueos combaten contra Troya, en la *Ilíada*.

[108] *rodar y rodar*: famoso pasaje de la ranchera mexicana "El rey". Aquí significa que chocó con el gordito y rodó (o sea, cayó dando vueltas) al suelo aparatosamente.

nal vivía más pendiente de quienes se deslizaban por los cielos[109] que de los que se arrastraban por los suelos, imponderable que provocó una colisión múltiple y más de un oprobio a mi señora madre[110]. Y así, entre dolientes "oyes" y "ayes" la vi: atraída por el escándalo y la muchedumbre de curiosos, Mónica y Alejandra se acercaban como todo el mundo, para preguntar "quién era el huevón que había tenido la culpa".

En situaciones anormales no me hubiera importado pagar los platos rotos[111], pero como lo normal era que yo viviera enamorado, no me convenía pasar ante mis amadas más vergüenzas de las precisas. Recordé que antes de esconder el Libro de Arena[112] en una biblioteca Borges recordó que el mejor lugar para ocultar una hoja era un bosque, y sin pensarlo dos veces comencé a repartir empujones a diestra y siniestra, impulsándome de patinador en patinadora y sembrando Barranco de presuntos culpables que caían con la misma vulgaridad de las marionetas rotas.

---

[109] *se deslizaban por los cielos*: los enamorados patinan metidos en su gozo, distracción o abstracción, lo cual ocasiona que no reparen en alguien caído en el suelo y se choquen contra él, produciéndose un encadenamiento de choques cual una colisión múltiple.

[110] Lanzan insultos contra la madre del protagonista caído, en oprobio (deshonra) suyo.

[111] *pagar los platos rotos*: en lenguaje familiar, asumir la culpa de un perjuicio.

[112] El "Libro de arena", cuento que da título a un libro publicado en 1975 por el argentino Jorge Luis Borges (1899-1986).

Así llegué a casa consciente de haber perpetrado agravios, retorcido entuertos, satisfecho sinrazones, acrecentado abusos y recrudecido deudas, pero feliz del alto principio de mis patinerías: era mi primera salida como caballero patinante, y por el amor de mi dama había descabalgado cuchucientos enemigos. En esas quijoterías[113] estaba cuando me quedé dormido, acunado por analgésicos y antiinflamatorios.

Al día siguiente no se habló de otra cosa en la universidad y en la academia: la masacre de Barranco era obra de un profesional del crimen y del patinaje, de un psicópata corroído por el resentimiento y la perversión. Unos testigos declararon que el agresor llevaba una capucha, otros aseguraron que iba armado con un bate de béisbol y las más imaginativas le describieron rubio, alto e irresistible. Y como todos estaban de acuerdo en que se trataba de un consumado as del patín, la versión del tipo rubio, alto e irresistible fue aceptada por unanimidad. Ya ni siquiera yo sospechaba de mí.

Aquella tarde me acerqué a Alejandra en el recreo, tratando de disimular la cojera y las cicatrices de mi nocturna aventura. Cuando me vio así de maltrecho me preguntó alborozada si yo también había estado en Barranco y si lo había visto de cerca.

Fernando Iwasaki

---

[113] *quijoterías*: en todo el párrafo se reelabora frases y sucesos del *Quijote*. Recuérdese que la primera salida Don Quijote la hizo solo (sin Sancho Panza) y volvió a su aldea molido a golpes.

—¿A quién?

—Al gringo del accidente, pues. ¿No te has enterado? Hay que estudiar menos, oye.

Conmovido y alucinado escuché que uno de los actores de *Roller Boogie* estaba en Lima, que vivía traumado porque en el cine interpretaba el papel de malo y que había atacado a los chicos y chicas de Barranco porque le recordamos una escena de la película.

—¿Le recordamos? —pregunté confundido.

—Sí, yo estuve allí y todo era igualito a la película. Las luces, la música y él... Ay, ¡es churrísimo! —concluyó Alejandra suspirando.

Una vez había leído que las cosas nunca son como suceden sino como las recordamos, y Alejandra me estaba demostrando que todo podía ser también como lo imaginemos. En realidad, la bola del gringuito fue del gusto general, pues los fanfarrones justificaron así sus vergonzantes caídas y las chicas pudieron soñar con devolverle al pobrecito gringo la fe en sí mismo, ya que nada le atrae más a las mujeres que un hombre alto, rubio e irresistible con problemas. Yo por lo menos tenía problemas, pero barruntaba que aún me faltaban un par de cosas para volver locas a las chicas.

De Alejandra me gustaba su interminable melena que era más bien una mielena[114], por las

---

[114] *mielena*: fusiona *miel* y *melena*.

dulces connotaciones que me sugería. También me hechizaban sus tobillos frágiles, casi etéreos, que sin embargo sostenían macizas sustancias que me entusiasmaban tanto como las sutiles. Y por último me seducía el generoso maquillaje de sus mejillas, que al despedirme dejaba en mis labios una perturbadora sensación de vampiresa niña y un delicioso sabor a polvo bendito. Nada más puedo añadir porque nunca supe si teníamos algo en común ni me importaba saberlo. La verdad es que me bastaba disfrutar fantaseando con esa vida inverosímil que solo puede insinuarnos la compañía de una mujer que suponemos inalcanzable.

No me costaba mucho sobrellevar aquel estado de plácida escisión[115], pues los amantes no correspondidos siempre hemos deambulado indolentes entre el mundo real y el mundo ideal. La única diferencia estaba en que Alejandra me obligaba a vivir con un pie sobre las nubes y el otro encima de un patín.

Los meses transcurrían para mí lentos, dolorosos y espurriados[116] de patinazos tanto en el terreno sentimental como en el pavimentado. Mis padres no entendían cómo podía practicar un deporte que me daba miedo, que no era

---

[115] *escisión*: rompimiento, desavenencia.
[116] *espurriados*: de espurriar, 'rociar con un líquido expelido por la boca'.

capaz de aprender y que para colmo me estaba llevando al reventadero. "No veo la hora de que te enamores y te dejes de jugar como si fueras una criatura", me amonestaba mamá, y yo la miraba con la desolada perplejidad de las almas en pena.

A mediados de julio llegaron mis patines de Miami. Más de tres meses los había esperado y por fin los tenía conmigo: eran negros con ruedas rojo escarlata, y venían dentro de un estuche que me recordaba los de las raquetas finas. Cualquiera que me hubiera visto con aquel maletín al hombro habría sabido que llevaba unos patines último modelo, y hasta quizá diera por sentado que sabía usarlos como un experto. Por eso me planté en la academia con todos los aperos del patinismo: porque a veces no importa cómo eres en realidad sino cómo te ven los demás.

Alejandra fue de las primeras en morder el anzuelo y tanto celebró mi nueva adquisición que hasta sentí celos de aquellos cacharros que eran "regios", "elegantes", "fortísimos" y *all American*. "¿Pero tú también patinas? —me preguntó risueña— Nunca te he visto patinar". Debí admitir que era un principiante, que odiaba los patines y que lo hacía solo por ella, mas el temor a perderla me hizo mentir como un político: "Es que yo necesito mucho espacio, ¿sabes? En los sitios llenos de gente no puedo hacer piruetas ni saltos ni alcanzar mi velocidad crucero[117]".

—Oye, pues yo no me voy a quedar sin verte patinar —respondió con los ojos esmaltados de estrellas—. Vamos mañana a la concha acústica de Miraflores que los viernes por la noche nunca hay nadie, ¿sí? —Y se alejó sin saber que en aquel beso de despedida habíamos sellado un desigual intercambio de maquillajes.

Mi única alternativa, como siempre, era pedirle consejo a Roberto, mi viejo amigo de las tardes voleyboleras en el Regina Pacis, condiscípulo en la Católica, colega en la Trena y escudero sentimental[118]. Si alguien conocía todas mis metidas de pata era precisamente mi pata[119]. El problema es que el reino de Roberto no era de este mundo[120]: después de oírme imperturbable como un monje budista, reflexionó unos segundos y me aseguró que no había ningún problema, que después del trabajo iríamos al cine a ver *Roller Boogie* ("para ver cómo se patina", dijo) y que al día siguiente llegaríamos a la concha acústica dos horas antes que los demás ("para aprender a patinar", concluyó).

---

[117] *velocidad crucero*: la que alcanzan los aviones cuando ya han llegado a la altura conveniente, y que mantienen a lo largo del vuelo antes de las maniobras de aterrizaje.
[118] No es un escudero a la manera de Sancho Panza, sino "sentimental".
[119] *pata*: amigo de confianza y de travesuras.
[120] Alusión a la frase de Jesucristo: "Mi reino no es de este mundo". Aquí significa la falta de sentido de realidad de Roberto.

Los cines de barrio limeños huelen a orines y a empalagosos ambientadores corrientes. Cuando echan una de vaqueros flota por las salas un olor a establo, y si el reestreno es de marcianos curiosamente sigue flotando lo mismo. Solo cuando las películas van de amoríos por la entrepierna la platea de los cinemas se colma de fragancias que evocan almizcle, goma arábiga y cebiche caliente. No éramos más de ocho en todas las butacas del Broadway, pero a la fuerza uno tenía que estar podrido. ¿O sería tal vez el olor del miedo del que hablaba Lovecraft[121] en sus relatos?

Cada lance de la película, cada brinco pinturero y cada caracoleo vertiginoso de los protagonistas de *Roller Boogie* cuadruplicaba mi pánico ante la inexorable cita que había concertado; pero Roberto continuaba impertérrito, severo como una esfinge. Apenas conversamos a la salida del cine y cada uno cogió aprisa su camino, ya que temprano por la mañana teníamos clases en la universidad. Contemplando cómo mi entrecortada respiración exorcizaba fantasmas de niebla y gasas, me preparé para una de esas húmedas noches de insomnios ateridos y presentimientos estremecedores. En casa solo mamá permanecía despierta y me recibió de lo más profética: "Viejito, qué susto. Pensé que te había pasado algo patinando".

---

[121] El norteamericano Howard Philip Lovecraft (1890-1937), autor de relatos de horror.

Al otro día no conseguí concentrarme en clase de Epistemología y las dos horas de Lógica me parecieron interminables, pues en lugar del *modus ponendo ponens* yo solo pensaba en cómo *ponendo* patines. Una vez en casa no tuve apetito para almorzar y más bien me apliqué a practicar en el terrazo, preguntándome tras cada caída si habría golpes en la vida, más fuertes... qué sé yo[122].

A la hora señalada[123], como en los duelos de la escena final de un *western* antiguo, me encontré con Roberto en la concha acústica de Miraflores. ¿Cómo se le ocurría que podíamos aprender a patinar en dos horas si yo no lo había conseguido en cuatro meses?

"¿Has visto patinar a fulanito?", me preguntó Roberto. Fulanito era el último de la clase del último nivel de la Trena y recordé que una tarde le había visto patinar en el recreo de la academia. "Pues si esa bestia patina, nosotros patinamos", sentenció categórico Roberto, y salió resuelto hacia la pista. Yo le seguí la pista, aunque más bien revuelto.

Tengo que reconocer que para ser su primera vez, Roberto no lo hacía nada mal: mantuvo el equilibrio con los brazos, se impulsaba con todo

---

[122] Recrea el comienzo del poema "Los heraldos negros" de César Vallejo (ver nota 28, p. 46): "Hay golpes en la vida, tan fuertes... Yo no sé!".
[123] En el Perú se tituló *A la hora señalada* (en España *Solo ante el peligro*) uno de los clásicos mayores del *western*, dirigido por el norteamericano Fred Zinnemann (1907-1997).

el cuerpo y apenas se cayó tres veces durante las dos horas que practicamos juntos. Para él todo era cuestión de energía cinética[124], coordinación de miembros y equilibrio del tronco. Incluso se atrevió a pronosticar que algún día los dos pares de ruedas de cada patín serían reemplazados por una sola fila rodante, como la navaja de los patines de hielo. "Es pura física", insistía Roberto razonador; pero aparte de los escarmientos de la gravedad, yo no conseguía sonsacarle a la física otra cosa que no fueran descalabros en mi físico. Además, seguro que era química[125] lo que me atraía de Alejandra, que ya llegaba —encantadora Dulcinea— con Dante, Paloma, Mónica e Isaías.

"Así que eras un monstruo patinando y no nos habías dicho nada, ¿eh?", me saludó Dante. "¿Verdad que sabes dar saltos?", quería saber Mónica. Yo estaba pensando qué improvisar cuando de pronto pasó Roberto como una centella patinando de espaldas. "¡Mányenlo al Roberto!", exclamó Isaías, en el preciso instante en que Roberto ejecutaba una curva en cuclillas abrochándola con un artístico trompo.

"¡Uy, son un par de tromes!", aplaudió Paloma. "Ahora tú, ahora tú haz algo", me suplicaba irresistible Alejandra. Hice un renuente ademán de

---

[124] cinética: relativo al movimiento.
[125] En lenguaje familiar, se llama "química" a la atracción que sienten las personas entre sí o hacia alguien.

emprender carrerilla que al final se quedó en agradecido amago, porque Roberto volvió a tras- volarnos a toda mecha, trazando en el aire una voltereta que todo el mundo ovacionó al grito de "¡¡Róber Boogie!!".

Otro quizá se hubiera sentido como esos bra- vos toreros que invitan un pase y les birlan la faena, mas yo era como esos toros mansos que sin acudir a un pase desean que les inviten el indulto. Mis amigos empezaron a patinar para entrar en calor, y yo me dije resignado que mi única alternativa era hacer el "kamikaze[126]".

Todavía tuvo tiempo Roberto de realizar un par de asombrosas suertes cuando Paloma propuso: "¿Por qué no hacemos un trencito?". Me gustaban los trencitos en las fiestas porque así podía coger de la cintura a la chica que más me gustaba, pero en patines nunca se me había ocurrido. Roberto se puso de locomotora, Alejandra se aferró a él y yo, como si fuera nuestra última fiesta, me abracé desvariante a su cintura. Del orden de los demás vagones me enteré después.

Las dos primeras vueltas las dio Roberto con moderación, frenando en las curvas y permitiéndo- me gozar de todo el esplendor de Alejandra. Entre mis manos reverentes y temblorosas su talle mode- laba el cántaro de mis fantasías, como un alfarero enamorado daría forma a sus sueños más íntimos e

---

[126] *kamikaze*: piloto japonés suicida.

inconfesables. La breve cintura de Alejandra cambiaba de materia con cada vuelta, y de pronto ese barro exquisito era un pan dulce que gracias al laico milagro de mis caricias se convertía en carne, como una eucaristía mundana. Roberto tenía razón: el patinaje era pura física porque la velocidad alteraba la composición de los cuerpos[127].

Así, de la amable energía cinética de las dos primeras vueltas pasamos a la cinemática en la tercera y a la mecánica en la cuarta, desencadenando unas siniestras sinergias[128] que me anunciaron la inminencia de energías todavía peores. Y mi cuerpo que era sólido, degeneraba ya de líquido a gaseoso.

¿Debía el amor ser más fuerte que el vértigo?, ¿sería verdad que el amor proporciona equilibrio a nuestras vidas?, ¿por qué me asediaban entonces tantas dudas, temores, náuseas y lipotimias[129]? Lo que más deseaba en el mundo era estrechar como estrechaba a Alejandra, mas esa obsesión me había arrastrado a embestir altos molinos de viento[130], a una carrera insensata que nada tenía que ver con la química.

---

[127] Alude a una de las leyes establecidas por la Física, aquí aplicada a cómo la óptica erótica del protagonista siente a Alejandra como una hostia mundana.

[128] *sinergia*: concurso activo y concentrado de varios órganos para realizar una función.

[129] *lipotimia*: pérdida súbita y pasajera del sentido y del movimiento, con palidez del rostro y debilidad de la respiración y circulación.

[130] Alusión a Don Quijote embistiendo contra molinos de viento.

Y así, melancolías y desabrimientos me habrían acabado, de no haber renegado a tiempo de las películas de patinerías y toda la infinita caterva de su linaje. Yo no era el Quijote de la Mancha mas sí el cojudo[131] de la concha, concha acústica de Miraflores.

Estaríamos en la sexta vuelta cuando comprendí que el verdadero amor solo debe ser un sentimiento generoso y desinteresado, y como siempre he sido de lo más desprendido[132] me desprendí de Alejandra... con el resto del trencito a mis espaldas. La luna reverberaba en el mar y los acantilados se recortaban ennegrecidos en un horizonte cuajado de estrellas. Fue como sacarse la mierda contra un póster.

Más tarde en el hospital prometí a mamá no volver a patinar, y a mi fiel Roberto dejé en herencia los malandantes patines. De Alejandra conservo la sensación cambiante de su cintura, un perfumado revoloteo de cabellos y una nostalgia que me abrasa cada vez que beso una mejilla maquillada. Solo sufro cuando pienso cómo patinaba la bestia de fulanito y me pregunto por qué nunca pude patinar como él. ¿O no era pura física?

---

[131] *cojudo*: en el Perú, palabra grosera o insulto que significa 'idiota' o 'muy zonzo'. (Hay países en que es una lisura que significa lo contrario: 'muy listo, muy mañoso').
[132] desprendido: desinteresado. Aquí juega con el participio de *desprenderse, soltarse*.

Ana Lucía

De una cosa te guarda quando amares alguna:
non te sepa que amas otra muger ninguna,
si non, todo tu afán es sonbra de la luna,
e es como quien sienbra en río o en laguna.

LIBRO DE BUEN AMOR, 564

Como un clavo saca otro clavo, aquel año de 1981 cifré todas mis esperanzas en el ciclo de la Trena que comenzaba en setiembre, pues las alumnas de setiembre serían colegialas y a mí me habían dicho que las colegialas se morían por los profesores de la Trena. Y como la mayoría de profesores ya moríamos por las colegialas, presentí que la mortalidad del ciclo sería muy alta.

A los estudiantes que se matriculaban en setiembre les quedaba tan lejos el examen de ingreso de marzo, que aquella primera estancia en la academia les servía para repasar las materias de la secundaria y aprender sin nervios, sin prisas y sin pesadillas lo que no habían aprendido en los últimos cinco años de colegio. Todos esos malestares llegarían con la inminencia del examen, pero al menos hasta diciembre los alumnos podían concentrarse en su graduación y en hallar pareja para la fiesta de promoción.

Una de las más genuinas tradiciones peruanas es el baile con que los escolares celebran el fin de la secundaria: estereofónicas orquestas en vivo, elegantes trajes nuevos, soterradas declaraciones de amor y orquídeas anidando temblorosas en los escotes en agraz[133]. Como en el cine. Si los gringos no hubieran inventado las fiestas de promoción, seguro que en nuestro país ya habríamos descubierto esa pólvora benigna. ¿Perú Prom o Prom Perú[134]? Quién sabe.

Así, ser convidado a una Prom[135] era el mayor honor que uno podía recibir y a la vez una inequívoca promesa de conquista, pues dicen que la peruana cuando invita, besa de verdad[136]. Cada año soñaba que una linda alumna me pedía que le acompañara a su Prom y enamorado fantaseaba con sus fantasías. A mi favor tenía que era raro el

---

[133] *en agraz*: antes de sazón y tiempo.
[134] Juega con "Perú Promoción" y una entidad existente, dedicada a la promoción del turismo al Perú: Prom Perú.
[135] *Prom*: en lenguaje familiar, apócope de *Promoción* y se usa para significar "fiesta de una promoción que termina secundaria".
[136] Una canción española sostiene que "la española cuando besa, besa de verdad". Aquí invitar a una Prom es como la promesa de ser enamorados y besarse de verdad.

profesor de la Trena que no recibía por lo menos una invitación, y en mi contra tenía que yo debía ser el más raro de los profesores de la Trena.

Algunos como Santiago llegaron a ir a once fiestas de promoción en un solo año, entre Prom's del *Grand Slam* y Prom's de la Copa Perú[137], mientras que a mí me habría hecho feliz acudir siquiera a la verbena triste del Puericultorio Pérez Araníbar[138].

Por eso me preparé como nunca para ser invitado antes de diciembre, aunque primero hacía falta que alguna chica quisiera ir conmigo. Y la verdad es que no me hubiera importado que se tratara de alguien que solo buscara dinero, reírse a costa mía o incluso aprovecharse de mí. Pero por desgracia esas sofisticadas mujeres fatales solo existían en las telenovelas y en las peores películas mexicanas.

Durante las primeras semanas de clases me dejé caer por todos los corrillos en los que conversaban mis alumnas, pensando que así la Prom llegaría a través de cualquiera de sus amigas. Estábamos a comienzos de octubre y las madrugadoras ya

---

[137] Los grandes torneos deportivos son el llamado Grand Slam; aquí las fiestas de los colegios de primera categoría (de mejor posición social). En la copa Perú (por la época de la narración: 1981) competían los equipos de fútbol de provincias para que el campeón del torneo ascienda a la primera división; aquí connota los colegios de segunda o menor categoría, menos cotizados para ir a su Prom.

[138] En el Puericultorio estudian niños huérfanos o desamparados.

habían invitado al profesor que más les gustaba para que nadie las atrasara. Una de dos: o yo no le gustaba a nadie o le gustaba mucho a las remolonas. Yo prefería ser positivo.

Pronto advertí que las estudiantes de la Trena se dividían en dos grandes grupos: las que salían del colegio a toda prisa para elegir modelito, maquillarse y llegar rutilantes a la academia, y las que iban a clases con uniforme escolar, el rostro enjabonado y las greñas recogidas en coletas. Y mientras unas se me antojaban creídas y artificiales, las otras me resultaban sencillas y más bien seguras de sí mismas. A mí me atraían las segundas porque sospechaba que solo una chica con mucha personalidad y nada presumida podía tener la ocurrencia de invitarme a su Prom.

Así fue como me fijé en María de las Nieves, una rubita muy dulce que siempre me sonreía desde su primer pupitre de la fila de la izquierda y que se preparaba para postular a la Universidad de Lima. María de las Nieves era de una delicada belleza y me sobrecogía cómo los copos de su cerquillo le doraban las cejas aterciopeladas. Algo de lapislázuli le irisaba la mirada y me conmovía su nariz majestuosa y rotunda. Todo lo de María de las Nieves me encantaba. Hasta sus amigas.

Begonia era un cascabel, siempre campanilleando y haciéndome tilín aunque los chistes fueran malos. Ana Lucía —en cambio— era más resabiosa y mundana que Begonia y María de las Nieves. Más que el espejo del alma, su rostro era la historia de su alma, un alma que esculpía una inquietante sonrisa y que no obstante fluía líquida a través de sus ojos, barnizándolos de tristeza. Ana Lucía, Begonia y María de las Nieves solo tenían tres cosas en común: la insignia del colegio Santa Úrsula, la ausencia de pareja para la fiesta de Prom y a mí, dispuesto a acompañar a cualquiera de las tres.

Ana Lucía había roto con su enamorado, a María de las Nieves no le gustaba nadie y Begonia no tenía a quién invitar. La Prom le llegaba a las tres en el peor momento y debían encontrar una pareja de emergencia sin pensar demasiado. Ahí estaba mi posibilidad, en que no pensaran tanto.

—¡Qué horror! Faltan menos de dos meses para la Prom y no hemos invitado a nadie —se desesperaban.

—Por favor, en último caso están los amigos —insinuaba.

—Ya, pero en último caso —me respondían.

Ni Begonia ni Ana Lucía eran mis alumnas, y por eso abrigaba la tenue esperanza de ser invitado por María de las Nieves. Así, durante las clases hice alarde de ingenio para declararle mi humor, pero con María de las Nieves fracasaron los chistes, las imitaciones, los juegos de palabras, las caricaturas, los pitorreos, las bromas y todo cuanto formaba parte de mi sentido del amor. No era justo, los introvertidos, los trágicos, los victimistas y los melancólicos le atraían por desgracia una barbaridad, como si ya no hubiera suficiente competencia con los guapos, los ricos, los deportistas y los interesantes, esa indescifrable categoría que a los hombres corrientes tanto nos desconcierta y que a las mujeres maravillosas tanto entusiasma.

Pero la vida, como reza la canción, *te da y te quita, te quita y te da,* y así, durante uno de esos recreos desolados y calabaceros, Begonia se acercó temblorosa para pedirme si, por favor, quería acompañarla a su Prom. Un silencio. Otro silencio. Pasó un ángel[139], pasó un segundo, y el tercer ángel me dio en la nuca con su guitarra:

—¿De verdad quieres que te acompañe a tu Prom? —pregunté incrédulo.

—¿Por qué te haces de rogar? —tartamudeó— ¿No vas a poder?

Y entonces me invadió una inefable sensación de beatitud, algo parecido a la iluminación mística del hinduismo[140] y al Nirvana[141] prometido por el Buda. La ascesis[142], lo numinoso[143],

Fernando Iwasaki

[139] *Pasó un ángel*: frase del lenguaje familiar que se emplea cuando se produce un silencio completo en una conversación.
[140] *hinduismo*: religión de la India.
[141] *Nirvana*: estado de bienaventuranza del individuo al incorporarse a la esencia divina.
[142] *ascesis*: práctica de la purificación en aras de la perfección espiritual.
[143] *numinoso*: relativo a la divinidad.

el *enthusiasmós*[144]. ¡Había sido invitado a una Prom y ya me podía morir! Dicen que a las puertas de la muerte uno entrevé, fugaz, la película de su vida, y por el cinema de la memoria desfilaron las protagonistas de la mía y docenas de actrices de reparto muy bien repartidas[145]. *Evohé, evohé*[146]. María de las Nieves se derretía y Begonia rompía en flor[147].

La Prom es un acontecimiento esencial en la vida de las adolescentes, porque las chicas jamás invitan a nadie al tuntún[148]. Primero piensan en alguien, luego sueñan con él, y si los sueños son ricos entonces repiten. Así, cuando uno es invitado a una Prom no hay ninguna posibilidad de sorprender a las chicas porque todo ha sido minuciosamente soñado. ¿Por qué a las mujeres se les cumplen sus sueños?, pensaba. La invitación de Begonia era el único sueño que se me había cumplido, pero las premoniciones oníricas de Freud[149] no tenían nada que ver porque ese sueño siempre lo había soñado despierto.

---

[144] Escribe la palabra griega para subrayar el sentido original de *entusiamo*: 'estar inspirado por los dioses'.

[145] *repartidas*: en el lenguaje vulgar, mujeres con un cuerpo eróticamente atractivo.

[146] *Evohé*: grito de las bacantes para aclamar o invocar a Baco.

[147] Juega con los nombres: Nieves se derrite; y Begonia es una flor. Al invitarle Begonia, rompe en flor, el botón florece; en cambio, cede el interés que sentía por María de las Nieves (se derrite).

[148] *al tuntún*: sin reflexión ni premeditación.

[149] El neurólogo y psiquiatra austriaco Sigmund Freud (1856-1939), creador del psicoanálisis, gran intérprete del sentido de los sueños.

De todos los álbumes que existen —los de bautizo, primera comunión (ay, Camille), boda e hijos— las chicas siempre tienen uno especialmente íntimo y personal: el álbum de la Prom. Ahí están ellas, lozanas y fragantes con sus vestidos nuevos: solas en su cuarto, en la escalera, en el salón y en la puerta de la calle antes de partir. Luego están las fotos con los padres, con la abuela, los hermanos, la mamá y el papá. Y finalmente con el chico: en la escalera con toda la familia, en el salón con los papás y en la calle junto al coche. El chico siempre toma la foto del padre con su hija en la puerta de la casa, y al padre siempre le toca tomar la foto de su hija con el chico a punto de subir al coche. Es un civilizado ritual que sin embargo no ha conseguido abolir los peores temores patriarcales de la tribu: el padre cree que el chico, si pudiera, se metería en su casa; y el chico cree que el viejo, si pudiera, saldría pitando en su carro.

Pero en los álbumes de la Prom duermen sus blancos sueños las orquídeas obsequiadas para las fiestas. Nunca supe por qué había que regalar orquídeas. Tal vez porque en Estados Unidos son caras y escasas, pero en Perú son abundantes y baratas. Como en China, donde las orquídeas son símbolo de erotismo y fecundidad. Nadie regala lirios, nardos o azucenas, esas flores que sin ser tan bellas hieren el alma con su perfume.

Y así las orquídeas crepitan entre las páginas de los álbumes de la Prom, desmenuzándose en un otoño suave y desmayado que alguna vez fue primavera en el corazón.

Las primeras en saber que había sido invitado a la Prom de Begonia fueron Ana Lucía y María de las Nieves, quienes revolotearon a mi alrededor durante el recreo. Ana Lucía me sonreía lamentando ya no poderme invitar, y María de las Nieves me repetía una y otra vez que siempre supo que Begonia me invitaría. No estaban contentas, pero sí divertidas. Se puede ser trágico sin estar triste, y aquella tarde Ana Lucía y María de las Nieves se la pasaron riendo todo el tiempo sin estar felices.

Las semanas siguientes fueron de intensos preparativos: compré camisas de hilo, corbatas de seda, zapatos de cuero argentino, correas a juego y un corte de tela inglesa para hacerme un terno gris cruzado. En una sastrería italiana me tomaron las medidas y en un vivero japonés encargué la orquídea. Mamá me observaba perpleja y llegó a decirme que si era capaz de montar semejante tinglado por culpa de una simple Prom, que en mi boda me aguantara mi abuela ("No te preocupes ahijado, que para eso está tu madrina. ¡Qué lisura, carijo!", me animaba la tía Nati).

El ciclo de la Trena estaba por terminar y no fue difícil descubrir que a la Prom del Santa Úrsula también estaban invitados otros amigos y profesores de la academia como Santiago, Pedro, Isaías y Gustavo. Para ellos se trataba de una Prom más, pero para mí era *la* Prom, *the expected one*, como *al-Mahdi* deseado del que hablan las antiguas leyendas islámicas. Tenía pareja, tenía traje, tenía orquídea. De todo tenía para ser feliz, y sin embargo no me reía.

Cuando acabaron las clases faltaba poco más de una semana para la Prom del Santa Úrsula, y entonces María de las Nieves me invitó a su casa porque deseaba despedir el ciclo con una fiesta de rompe y raja.

—¿No has invitado a Begonia? —le pregunté a María de las Nieves, sorprendido de no verla en la fiesta.

—No tenía por qué invitarla —me contestó— ¿Por qué lo preguntas? ¿Te has enamorado de Begonia? Si estás enamorado, aprovecha y declárate en la Prom.

Me turbaba esa manera de hablar, entre imperativa y resondrona, pues la figura de María de las Nieves siempre me había connotado emociones sencillas y tiernas, casi musicales. Sus ojos adquirieron la fosforescencia intensa del azul cobalto y presentí que aquello apenas era el principio.

Comenzó echándome en cara mi quebradiza paciencia. ¿Acaso no me había dado cuenta de que ella también quería invitarme a su Prom? Estaba ofendida, irritada, guapísima. Al parecer, María de las Nieves pensaba que no me lo tenía que poner muy fácil y se hizo la indiferente, cuando de pronto −¡zas!− se le metieron por medio y me invitaron antes. Y claro, yo, como un huevón, había aceptado feliz de la vida y encima se me notaba. ¿Se me notaba lo feliz o lo huevón? Nunca me lo dijo.

María de las Nieves me apuntaba implacable su nariz de Cleopatra[150]. Ella quería tratarme con la punta del zapato y en realidad me homenajeaba con la punta de su nariz. Esa chica tan linda me estaba dejando como un trapo delante de todo el mundo, pero todo el mundo ignoraba lo dichoso que me sentía como un trapo entre sus manos. Así me quería ella, estropajo de cocina con cariz de esponja. Así la quería yo, esfinge de nieve con nariz de emperatriz.

El amor consiente las paradojas y los papelones. ¿Cómo podía saber que María de las Nieves quería invitarme a su Prom? Ya nada tenía arreglo. Ni siquiera la amistad. La situación era trágica mas no me sentía triste, pues según la teoría promniana de la interpretación de los sueños, en alguno de ellos tenía que haber acompañado a María de las Nieves a su Prom. En esos desvaríos estaba cuando me acarició la voz de Ana Lucía:

---

[150] Existe el dicho que atribuye a la nariz de la bella emperatriz egipcia Cleopatra (66-30 a. C.) la guerra que se desató contra Roma, al enamorarse de ella Marco Antonio.

—Ay, pobre... todo se te ha juntado. Baila conmigo para que te cambie la cara, ¿sí?

Ana Lucía me hablaba en un tono seductor y omnisciente, y empezó a bailar sin dejar de mirarme a los ojos. Si María de las Nieves era imposible, Ana Lucía era impensable. Nunca se me pasó por la cabeza. Pero después del papelón el destino me había reservado la paradoja, y sin venir a cuento Ana Lucía me besó. Fue un beso suave, tímido y labial, que me dejó clavado, traspuesto y en progresivo estado placentario[151]. Y como era la primera vez que me besaban, dos pensamientos me asaltaron de improviso: uno delirante ("¿Me habré convertido en príncipe?")[152] y el otro más bien realista ("Ahora tendré que casarme")[153].

Hay lugares íntimos y propicios para besos y carantoñas[154], pero en ningún caso una fiesta de colegialas con sus profesores de academia en la víspera de la Prom. Ana Lucía había bebido alguna copa de más y muy pronto advertí docenas de miradas aviesas, colmadas de censura y estupor. Antes de que me diera cuenta tres chicas se llevaron a Ana Lucía y María de las Nieves me pidió que porfa-vor-me-fue-ra-de-su-ca-sa-rá-pi-do. En apenas

---

[151] *placentario*: se siente como un bebé dentro de la placenta, en el vientre de su madre.

[152] Alude al cuento de hadas en que un feo sapo recupera su forma de príncipe, cuando lo besa la princesa ideal.

[153] En su inexperiencia erótica, piensa que besarse los obligará a casarse.

[154] *carantoñas*: caricias y halagos.

Fernando Iwasaki

unas horas me había convertido en un crápula, un canalla y un ser despreciable. En un vividor que seducía a las mujeres creándoles falsas ilusiones, que trincaba[155] cualquier ocasión para divertirse a costa de ellas y que se aprovechaba de las chicas que bebían demasiado. Por desgracia esa fama tan inmerecida como interesante llegaba en el peor momento.

Al día siguiente recibí una llamada de Begonia, quien muy sofocada me dijo que había hablado con María de las Nieves y que de la Prom ni hablar, que ya no quería ir conmigo y que estaba furiosa por haber perdido su tiempo con una rata como yo. En esas circunstancias solo podía hacer dos cosas: o abandonarme al "Racumín[156]" o llamar a Ana Lucía (¿Y si me invita a su Prom?, pensaba).

Mientras discaba su número recordé la melancolía que me arrasaba cada vez que me enteraba de las malandanzas sentimentales de mis amigos del colegio, la Trena o la universidad, quienes se reían de las chicas que les telefoneaban después de una fiesta para saber si "estaban" o "no estaban", si eran enamorados o no eran enamorados, o si al menos recordaban los besos sin nombre que se habían dado al arrullo de la música.

—¿Te acuerdas, Ana Lucía?

---

155 *trincaba*: sujetar algo como amarrándolo.
156 *Racumín*: veneno contra ratas.

—Ay, no me acuerdo de nada, oye.

Esa misma noche, en el Lion's pub de Miraflores, le pregunté a Ana Lucía si sentía algo por mí. Ella me miraba sonriente y me dijo que nada que ver, que esas cosas pasaban y ya está, que un beso no significaba nada y que hoy por ti y mañana por mí. Quise decirle que para mí sí había sido importante, que desde entonces no había dejado de pensar en ella, y que hoy por mí y mañana también; pero se me antojó que todos los esfuerzos serían en vano. ¿Quién podía creerme si en menos de una hora fui invitado por Begonia, deseado por María de las Nieves y besado por Ana Lucía? Yo estaba tan sobrio que me acuerdo de todo.

Se besa sin compromiso como se conduce sin permiso; pero también se enamora uno sin permiso y sin compromiso. Me enamoré de María de las Nieves en cuanto la vi; me enamoré de Begonia en cuanto me invitó, y me enamoré de Ana Lucía en cuanto me besó. Si me hubieran besado más a menudo quizá no me habría enamorado tanto.

La noche de la Prom salí de casa como si nada, y me hice foto con mis padres, foto con mis hermanos y foto subiendo al coche. Mamá me insistió en que —por favor— me tomara varias fotos con Begonia porque la tía Nati le había pedido tres copias, y así de matador me despedí, oliendo a colonia importada y a invernadero japonés.

Nadie reparó en la novela que llevaba en el bolsillo y nadie extrañó su ausencia en mi estantería. Después de tantos años, si alguien cogiera mi descabalado[157] ejemplar de *La Cartuja de Parma*[158], hallaría entre el otoño de sus hojas, la orquídea crepitante de una antigua primavera.

---

[157] *descabalado*: falto de alguna de sus partes.
[158] Novela del francés Stendhal (1783-1842) que narra amores idealizados que conducen a la muerte. Posee una mezcla de humorismo y tragedia, de idealismo y realismo.

Rebeca

Después fiz muchas cantigas, de dança e troteras,
para judías e moras e para entendederas,
para en instrumentos de comunales maneras:
el cantar que non sabes, óylo a cantaderas.

LIBRO DE BUEN AMOR, 1513

C orría el verano de 1982 cuando una suave voz femenina pronunció mi nombre durante el recreo de la Trena. "¿No te acuerdas de mí?", me preguntó musical. Y como en toda mi vida no había visto chica más bonita, llegué a la penosa conclusión de que en mi vida la había visto. "¿Te acuerdas de mí?", quería saber. Pude haber dicho que no y quedar como un idiota, mas preferí decir que sí para quedar como un imbécil.

"¿Y cómo me llamo?", volvió a la carga juguetona, sin saber que jugaba sola. Mmmmm... "¿Ni siquiera recuerdas dónde nos conocimos?", me apremió con un retintín de impaciencia. ¡Mmmmm...! "¡En una *majané* en Santa Eulalia!", respondió ya de mala manera. ¿Mmmmm...? "¡Un campamento, zonzo! ¿Ya te has olvidado de cuando nos fuimos de campamento?". Y como en aquel instante pude morir de ganas de haber ido de campamento con ella, respondí persuadido de su confusión:

—Perdona, ¿y tú sabes quién soy?

—Sí, el huevón del "Radio Malogrado". Y esto me pasa por estúpida.

Y se fue dejándome como la radio: malogrado. ¿Cómo se me podía haber borrado de la memoria una chica tan guapa?, ¿qué campamento a Santa Eulalia había sido ese?, ¿dónde había oído antes la palabra *majané*? Era la primera vez que me enamoraba de alguien después de haber sido rechazado. Y eso me dio esperanzas porque lo peor ya había pasado.

Lo más urgente era saber quién era mi divina compañera de acampadas, y así me ofrecí a repartir materiales de trabajo por toda la Trena. No era nada sencillo calar al personal de cada clase de un solo vistazo, pero cuando uno está enamorado los cinco sentidos se agudizan, y así di con ella en el área de "Pacífico Nuevos". Ya tenía su imagen, su voz y su aroma, y traspuesto corrí a secretaría para tener su nombre, su teléfono y su dirección. Si quería tener su gusto debía tener tacto[159]. Y viceversa[160].

---

[159] Los cinco sentidos clásicos: vista ("su imagen"), oído ("su voz"), olfato ("su aroma"), gusto y tacto.
[160] Es decir: Si quería tener su tacto (tocarla amorosamente) debía tener gusto (hacer las cosas con buen gusto y cortesía para ser aceptado con agrado).

El amor de mi vida se llamaba Rebeca y resultó ex alumna del León Pinelo, el colegio de la colonia judía de Lima. ¿Sería posible después de tantos años? Desde que ingresé a la universidad había hecho grandes amigos judíos —Sonia, Isho, Evelyn, Boris, Leslie e Isidoro— y siempre profesé una sincera admiración hacia su historia y sus héroes, sus artistas y sus intelectuales; pero cuando empecé a enseñar en la Trena tuve ocasión de intimar algo más con la comunidad gracias a Jacky, líder juvenil de la colonia judía y uno de mis mejores amigos.

Jacky creía que yo tenía esa madera de artista que le hacía falta para mandar a hacer su despacho de agente, y así me convertí en *showman* para que Jacky pudiera tener sus muebles. Chistes, canciones e imitaciones fueron el plato fuerte de un repertorio que estrenamos en una gala del Club Hebraica y que repetimos con desigual suerte en bodas, cumpleaños y lonchecitos varios. Precisamente, uno de los números —acaso el más repetido y celebrado— se titulaba "El Radio Malogrado", y lo desconectamos apenas mi público me abandonó por la televisión.

Como artista exclusivo de Jacky más de una vez acudí con mi guitarra a las kermeses, campamentos y excursiones de la colonia judía, y en alguna de aquellas actividades tenía que haber conocido a Rebeca. Pero cuando Rebeca tendría como trece años. ¿Quién me diría que una de esas niñas se convertiría en una chica tan fascinante?, ¿cómo podía sospechar de mi éxito entre las mujeres de la primera edad? Tan entusiasmado estaba, que no sabía si mi pareja ideal era una chica como Rebeca o cualquier niña de trece años. Mi amada era de la estirpe de Tamara, Lolita, Mashenka y Annabel. Qué agravio para Nabokov, ser el forúnculo de las nínfulas[161].

Jacky me ayudó a navegar por las profundas lagunas de mi memoria: aquel campamento había sido hacia 1979, siendo Rebeca estudiante de segundo de secundaria. No le extrañó que ella me recordara tanto, ya que aparte de mis actuaciones todo mundo sabía que enseñaba en la Trena; mas le inquietó mi desvariante interés en Rebeca. Y como Jacky era un excelente amigo, se creyó en el deber de advertirme que al no ser judío nunca tendría ni la más mínima posibilidad. Sin embargo, a mí me llenó de ilusión saberlo, pues solo tenía que convertirme en judío.

"Eso es imposible", respondía categórico. "Te falta la *Milá*. Tienes que estar circuncidado", porfiaba. De pronto recordé la fimosis[162] que padeció

Fernando Iwasaki

---

[161] El escritor ruso, nacionalizado norteamericano, Vladimir Nabokov (1899-1977), famoso por presentar nínfulas (niñas prepúberes de gran sensualidad erótica) como la célebre Lolita y otros personajes como Tamara, Mashenka y Annabel.

[162] *fimosis*: estrechez del orificio del prepucio, que impide la salida del bálano de un falo.

mi hermano mayor y cómo desde entonces todos los niños de casa habíamos sido exonerados del prepucio. Ya nada me impedía convertirme en judío. ¡Estaba circuncidado!

—Eso tengo que verlo.

—Cuando quieras, Jacky.

—¡Vamos al baño!

Una vez convencido de que cumplía ese requisito esencial, Jacky me citó el fin de semana siguiente en la *Hanoar* o centro de las juventudes sionistas[163] de Lima, donde mi amigo era *mazkir*. O sea, el jefe. "Voy a encargarme personalmente de tu *mifkad*", me dijo. Y a mí me conmovió que el mismo *mazkir* se encargara de la formación de un vulgar advenedizo.

Los jóvenes de la colonia judía se reunían todos los sábados en la *Hanoar*, donde acudían con camisa blanca y *blue-jean*, la vestimenta oficial del movimiento. Para no desentonar me vestí así también y me presenté puntual en la sede de la avenida Brasil, donde Jacky ya me aguardaba en compañía de los *madrijim* o sus colaboradores más estrechos. Al parecer, reunidos en *hanagá* los *madrijim* habían decidido que yo era demasiado mayor para ser *janij* y demasiado ignorante para ser *madrij*, así que me admitían como *boguer* con la condición de colaborar con las *tarbut* de la *Tnuá*.

---

[163] *sionista*: partidario de que el pueblo judío recobre Palestina como patria.

—¿Con qué?

—Con las actividades culturales del movimiento.

—Faltaba más.

Era mi primer día como judío y me sentía poseído por la vehemencia delirante de los conversos. A lo largo de la historia millones de personas habían tenido que abjurar del judaísmo para ser aceptados, y yo tenía que ser uno de los primeros en abrazar el judaísmo para ser aceptado. Si perseveraba en el arte podía llegar a ser como Marx, como Freud, como Woody Allen y otros geniales humoristas judíos[164]. Para qué, me creía de lo más importante. Por eso, cuando unos alumnos de la Trena quisieron saber qué hacía en la *Hanoar,* orgulloso respondí que estaba ahí más que dispuesto a ser judío. Y como ya sabía lo que me iban a decir, más orgulloso todavía me sentí al contestar.

—Eso tenemos que verlo.

—Cuando quieran, señores.

—¡Vamos al baño!

Entonces Jacky me llamó para decirme que acababa de comenzar el juego de robar la *deguel* y que por qué no aprovechaba la ocasión para

---

[164] Sin distinción llama humoristas judíos al director de cine cómico y comediante norteamericano Woody Allen (1953), al economista alemán Karl Marx (1818-1883) y al ya mencionado Sigmund Freud (ver la nota 149, p. 123). Con lo cual, trata como si fueran humoradas (y no las teorías científicas que pretenden ser según sus adeptos) el marxismo y el psicoanálisis.

integrarme al grupo. En honor a la verdad el juego era de lo más extraño, ya que no había ni pelota ni equipos ni árbitro, pero allí estaba todo el mundo —desde los más grandes hasta los más pequeños— enfrascado en una lucha sorda alrededor de una bandera. Y de pronto la vi: mi adorada Rebeca también peleaba en inferioridad de condiciones contra tres chiquillos que la atacaban por todas partes. Y como entre los judíos nuevos era yo el que llevaba la *deguel*, me lancé a la arena a proteger mi bandera.

En el vértigo de la batalla pude comprobar que allí se combatía con fuego real, y que los puñetes y patadas que había visto en lo más alto eran puñetes y patadas especialmente en lo más bajo. ¿Quién defendía la *deguel*?, ¿quién atacaba la bandera? No había manera de saberlo en medio de aquella trifulca de todos contra todos. A mi Rebeca la estaban golpeando en el suelo y hacia ella corrí vengador.

En el camino esquivé más de un ataque, pero me retrasé por culpa de un tacle que me estamparon por la espalda. Cuando me di la vuelta para saber quién había sido caí en la emboscada de una horda de niños que se abalanzaron sobre mí como pirañas. ¿Qué edad tendrían? ¿Doce? ¿Trece? Tan concentrado estaba sacudiéndome la última piraña que no vi venir a la gordita que me aplicó un recto en la mandíbula, y uno que pasaba por ahí aprovechó para rematarme a huaracazos[165]. A pesar de la paliza, todavía me quedaron fuerzas para llegar renqueante[166] hasta Rebeca, encararme con sus atacantes y correrlos a gorrazos. Nunca imaginé que al verme así de maltrecho y enamorado, me zampara el patadón que me zampó. Era la primera vez que una de mis amadas me pegaba, pero había valido la pena.

Más tarde Jacky me explicó que aquel juego tenía la finalidad de templar el cuerpo y el espíritu de los jóvenes de la *tnuá*, ya que muchos de ellos se irían a Israel y la *aliá* no era nada fácil. En la *Hanoar* esos chicos encontraban una forma de *moshavá* para familiarizarse con la vida en Israel, y una forma de *hajshará* para entrenarse en la defensa de sus vidas y de su pueblo. Y en esa formación no se hacían distinciones de sexo o edad. "Así es la *mifkad*", sentenció. Aquella noche llegué a casa totalmente descuajeringado, y creo que no me dormí sino más bien me desmayé.

Al lunes siguiente Rebeca me buscó durante el recreo para preguntarme si era verdad que deseaba ser judío. "Es lo que más quiero", respondí queriendo que me volviera a patear. Rebeca me sonrió y me pidió que le llamara Becky, como

Fernando Iwasaki

[140]

---

[165] *a huaracazos*: a hondazos. Por extensión: golpes que impactan como disparos de hondas.
[166] *renqueante*: que cojea.

todo el mundo. Y yo entonces me sentí único en el mundo.

—¿Y vas a ser judío *azkenazí* o *sefardí*?

—Lo que tú seas, Becky.

—En casa somos *sefardim*.

—Pues yo mismo soy así.

Me encantaba Rebeca. Como alumna era estupenda y su ingreso no admitía dudas; durante la semana charlábamos en los recreos y hasta se tomó a pecho darme las primeras lecciones de judaísmo, pero lo que más me gustaba era que me agarrara a patadas cuando jugábamos a conquistar la *deguel* en la *Hanoar*. Uno se contentaba con lo que podía. En cambio, mamá se alarmaba con mis moratones de cada fin de semana y me hizo jurarle que no había vuelto a patinar. Era obvio que algo le resultaba sospechoso, sobre todo cuando le decía que así era el *jeder* de la *kvutzá* cuando teníamos *asefá* en la *tnuá*.

Uno de esos sábados Jacky me dijo que el rabino de la *Minhag Sefarad* ya se había enterado de que uno andaba pregonando que deseaba ser sefardita y por lo tanto me quería conocer. Como *mazkir* Jacky le había respondido que yo estaba bajo su tutela, aunque ante la insistencia del rabino me aconsejó que me presentara al día siguiente en la sinagoga *sefardí*. "¿Por qué no me consultaste nada? —me reprochó Jacky—. El rabino *askenazí* no es tan quisquilloso". Pero yo siempre me había llevado bien con los curas y los rabinos no tenían por qué ser la excepción. "Ni se te ocurra decirle que estás enamorado —me advirtió de nuevo—. No te puedes convertir al judaísmo por amor". Pero Jacky no sabía que por amor yo me podía convertir en lo que hiciera falta.

La sinagoga *sefardí* no estaba en un barrio tan popular como Pueblo Libre sino en la miraflorina calle Enrique Villar, rodeada de árboles y heladerías. En la misma puerta revisé una vez más mi *tilboshet* y me anudé la *anivá* en el cuello, ya que no quería que el rabino me cogiera en falta por culpa de la ropa. Sin embargo no sirvió de nada, porque nada más abrirme el rabino meneó la cabeza y con severa amabilidad exclamó que a los judíos no les hacía falta uniforme. "Al hombre de fe solo le basta el *taled*", remachó. La cosa empezaba mal.

Me sorprendió la ausencia de toda esa parafernalia mobiliaria e iconográfica que uno le supone a los templos religiosos, aunque fingí una absoluta naturalidad y sin mayor dilación le dije al rabino que deseaba convertirme al judaísmo. Acostumbrado a los hechos de los apóstoles y al entusiasmo misionero de las monjitas, uno esperaba que el rabino sacara la guitarra y festejara la salvación de un nuevo creyente, pero antes bien avinagró su expresión y me contestó más severo que amable: "Los conversos son una plaga para el judaísmo. Lo dice el *Yebamot*". La cosa no mejoraba.

De pronto recordé "La muerte y la brújula" y otros textos de Borges[167] acerca del *Zohar* y la Cábala, y le hablé al rabino de mi interés por los *hassidim*, el *tetragrámaton* y el impronunciable nombre de Dios. Sin inmutarse siquiera, el rabino acusó a Borges de entreverar las enseñanzas talmúdicas, porque Jaromir Hladík no podía ser un *Tsadik* como insinuaba en "El milagro secreto", el éxtasis *hassidim* no podía compararse con la simple visión del Aleph y el nombre de Dios no era impronunciable sino que su pronunciación solo se había perdido. "El nombre inefable de Dios es *Schem Hameforasch*. Los demás son atributos", dictó irrevocable. El rabino era más leído que cualquier cura. La cosa iba para peor.

Entonces eché mano del último recurso que me quedaba, la oveja perdida que busca su rebaño, y así le hablé al rabino de mi apellido materno −que en italiano significa "cautelosos[168]", como si fuéramos muchos− y de mis sospechas acerca de su naturaleza judía. Pero lo que más le interesó al rabino fue la historia de mi familia japonesa[169], exiliada y perseguida tras la Restauración

---

[167] Ver la nota 112, p. 105.
[168] Hace sugerencia al segundo apellido del autor: Cauti.
[169] El lado paterno del autor: japonés de origen.

Meiji. ¿Y si algún atavismo hebreo había unido a mis padres sin saberlo? El rabino volvió a menear la cabeza y respondió escéptico que aunque así fuera, yo tendría que estar circuncidado. Y ahí empezó a mejorar la cosa.

—Eso tengo que verlo.

—Cuando quiera, *rabí*.

—¡Vamos al baño!

Yo no tenía idea de la suerte corrida por las tribus de Israel, y nunca me hubiera imaginado que diez de las doce se habían perdido. Más amable que severo, el rabino me habló de la tribu de Zabulón, cuyo destino según el Génesis era fatigar el mar. ¿Habría navegado hasta las costas de la China o el Japón? Nadie podía asegurarlo con certeza, aunque los judíos siempre habíamos estado junto a las grandes civilizaciones. Que me hablara así, en plural, fue una bendición para mis cromosomas elegidos, áridos de la palabra de Dios.

Como ya estaba convencido y circuncidado, el rabino me abrumó de bibliografía, pero me exhortó a leer especialmente el *Shulhan-Aruch*, para mejor cumplir los 613 mandamientos. El más importante: celebrar el Sábado, nada de *Hanoar* o uniformes, sino entregarme a las delicias del alma. Antes de salir de la sinagoga, el rabino me abrazó y me dijo que había adquirido dos compromisos: "Ser un buen judío y cuidar de mis obligaciones". Y así me fui, ebrio de fe y hebreo de felicidad[170].

Así a primera vista comprobé que el cristianismo era una religión creada por judíos aburridos, pues ofrece más de lo mismo por menos de lo anterior. El cristianismo es una religión diseñada para atraer nuevos adeptos de cualquier credo y concebida sobre todo para gobernar e influir en el poder. Por otro lado, en el Talmud está muy claro que cualquier hombre virtuoso puede lograr la salvación de su alma con independencia de su religión, y así a nadie le complicamos la vida eterna con limbos, purgatorios y otras pedreas escatológicas. El cristianismo vende la salvación y por eso no admite devoluciones, en cambio en el judaísmo el cliente siempre tiene la razón y su crédito es infinito. Ser cristiano era muy sencillo. Lo complicado era ser judío. Y especialmente a la hora de comer.

Las prohibiciones alimenticias debían darle a mi vida un sentido de santidad, pero también salud y pureza física. Los *Sermones* de *rabí* Bloch dejaban muy claro que los judíos habíamos sobrevivido a siglos y siglos de *ghettos* y represión, sin aire y sin luz, gracias a la fortaleza de nuestra dieta bíblica, mas yo me preguntaba perecido si

---

[170] Paronomasia (semejanza entre los sonidos de dos vocablos) entre *ebrio* y *hebreo*, además de que *felicidad* prolonga aparentemente el vocablo *fe*.

en Lima se daban las mismas circunstancias. Los alimentos permitidos se llamaban *kasher* y los prohibidos *taref*. ¿Quién dijo que solo el cerdo era *taref*?

Sin tomar en cuenta a los anfibios, reptiles y gusanos, cuya degustación tendría que estar prohibida por todas las religiones, descubrí aterrado que solo algunos pescados eran *kasher*, pero al menos me aseguré de que el atún no era *taref*. También estaban prohibidos los mariscos, crustáceos y moluscos, por lo que tuve que abdicar del cebiche, la paella y las conchitas a la parmesana. La sangre tampoco era *kasher*, y así me quedé sin anticuchos, morcillas y chanfainitas. Por otro lado, estaba absolutamente prohibido comer al mismo tiempo cualquier tipo de carne con leche o sus derivados, y entonces se acabaron las pizzas, el ají de gallina, los sanguchitos mixtos, las *souflés* y casi toda la gastronomía italiana. Finalmente, se consideraban *taref* las comidas o bebidas a medio consumir y los frutos demasiado maduros, y entonces no tuve más remedio que renunciar a mis trasteos por la nevera en busca de sobras, y a mi debilidad por los plátanos medio empochados de licor, derretidos como mantequilla y almibarados de moscas.

¡Qué difícil resultó adaptar mi nueva vida a mi antigua casa! Mamá llevaba muy mal mi repentino rechazo a sus sabrosos platillos.

¿Cómo era posible que no quisiera sus tallarines verdes con bistec apanado? ¿De dónde había sacado que el arroz con mariscos era impuro? ¿Qué era eso de no confundir los cubiertos de la leche con los cubiertos de la carne? En casa nadie aceptaba mis nuevas costumbres y todo el tiempo mezclaban los cubiertos, obligándome a enterrarlos en el jardín como prescribe la Biblia. Pero lo más complicado era que respetaran mi *Sabbath*. "¿Por qué no enciendes la luz?". "¿Ni siquiera quieres ver la tele o escuchar tus discos?". "¡Es Roberto! ¿Tampoco le vas a contestar el teléfono a tu amigo Roberto?". Mi familia habría aceptado mejor que me hubiera vuelto evangelista o Testigo de Jehová, pero mi judaísmo nunca lo entendieron. Y menos que nadie la tía Nati.

—¡Ahijado, si los judíos crucificaron a Cristo!

—Fueron los romanos, tía. Los judíos no tuvieron nada que ver.

—Los judíos se la juraron a Cristo desde que chiquito se metió en el templo y les leyó las Escrituras.

—Aquello era su *Bar Mitzvá*, tía. Todos los judíos lo hacen cuando son chiquitos.

—¿Y lo de amar al prójimo como a ti mismo? Eso sí era nuevo, carijo.

—Tía, eso ya estaba en el Levítico.

La tía Nati se lo tomaba fatal y no sabía si sugerirle a mamá que me internara en un cuartel o me enclaustrara en el convento del padre Iluminato.

—Escúcheme, comadre. Como madrina estoy súper preocupada.

—Ay, hija. Déjalo nomás. Peor sería que se hubiera vuelto comunista.

—¡Qué ocurrencia, comadre! Con la plata se quitará lo comunista, pero lo judío no se te quita ni con dólares.

—A ver si el manganzón este se enamora de una vez y se le pasa la cojudez[171].

Pero yo seguía tan enamorado como el primer día, a pesar de que apenas veía a Rebeca. Ya no me importaba tanto haber abandonado la *Hanoar*, pues ni siquiera Becky volvió a ir después de haber ingresado a la universidad. Nos veíamos una que otra tarde en la Pacífico, en las actividades de la comunidad o cuando quedábamos a tomar algo en el Leli's, una confitería *kasher* a la que me volví muy aficionado. Le conmovía mi fe, renovada en cada ocasión que nos encontrábamos, y a mí me anegaba de ternura cuando me enseñaba a rezar el *Schemá*, una plegaria enamorada como una declaración. Me encantaba la orfebrería de sus rasgos, el brillo enjoyado de su mirada y la primera nieve de su piel.

---

[171] *cojudez*: ver la nota 131, p. 116.

El rabino me dijo que si me hacía ilusión podía integrarme algo más a partir de la Pascua; es decir, después del *Rosch Haschaná* y el *Yom Kipur*, las dos fiestas más solemnes del calendario judío. Aquel año el mes de *Tischrí* comenzaba a fines de octubre y tan solo faltaban unos cuantos meses. Aquello era mi travesía del desierto, mi Éxodo particular[172].

Sin embargo, durante el invierno ocurrió algo que cambió mis sueños de manera radical, pues nunca olvidaré la presentación de la serie "Holocausto", que un canal privado tuvo la gentileza de ofrecer a la colonia antes de su estreno en televisión. Como todo el país conocería a través de la serie uno de los episodios más espeluznantes de la historia judía (y acaso el más infame de la historia universal), los dirigentes de la colonia deseaban contar con unas semanas para la reflexión y la preparación de los más jóvenes.

Así, primero acudí a una serie de conferencias donde nos hablaron de las numerosas pruebas sufridas por el pueblo de Israel: la esclavitud, las guerras, las persecuciones. Luego escuché los testimonios de algunas personas mayores de la comunidad: cómo llegaron al Perú, cómo salieron de Europa y cómo fueron dejando atrás parientes y amigos que nunca más volvieron a ver.

---

[172] El Éxodo (de la Biblia) cuenta la travesía de los judíos, conducidos por Moisés, en el desierto durante cuarenta años.

La crudeza de los testimonios iba en aumento y un escalofrío me sobrecogió cuando un anciano narró su experiencia en un campo de concentración. Me indignó la marca que profanaba su brazo y le admiré en secreto en cuanto supe que ese mismo hombre había sido uno de los rehenes rescatados en Entebbe. El silencio del ambiente era tan denso que podía untarse en rebanadas de niebla.

La proyección de la serie duró muy pocas sesiones que en cambio a mí se me antojaron eternas. Cada escena dolorosa era como un latigazo que abría surcos en el alma. En la oscuridad de la sala se oían los sollozos de los más pequeños y los respingos estoicos de los mayores. Pero yo no podía sufrir como los demás porque su dolor no era el mío, su dolor era inaccesible, su dolor nunca me pertenecería. Como Becky, que en algún lugar de la sala estaría enjugando una lágrima que yo habría atesorado dichoso dentro de una gema, para contemplar su *Aleph* a través de la luz. El caos y la creación, mi principio y mi final. ¿Por eso usaría Borges la primera letra del alfabeto hebreo?

Aquella serie me hizo comprender que entre Rebeca y yo había más de dos mil años de antiguas tradiciones, e intuí que esas tradiciones no debían ni perderse ni enturbiarse. Los *hassidim* creían que en todas las acciones humanas reverberaba la luz de un plan infinito, y así quise creer que alejándome de Becky el Innombrable nos uniría en alguna de las diez *sefiroth* o formas del mundo. Yo le deseaba lo mejor a Rebeca. Y si no podía ser Rudy Weiss, al menos uno que se le pareciera más.

Solo al rabino me atreví a contarle la verdad, porque solo él conocía mi mentira. Y como a Becky no le había mentido, tampoco hacía falta decirle la verdad. Con amable severidad, el rabino me aseguró que la semilla de los tres amores seguiría creciendo dentro de mí, como una higuera, como un cariño, como unos hijos. Y es así que siempre me viene a la memoria una plegaria cuando paso ante una sinagoga, y que nunca más he vuelto a comer ají de gallina.

Ninotchka

A persona d'este mundo yo non la oso fablar,
porque es de grand linaje e dueña de buen solar,
es de mejores parientes que yo e de mayor lugar,
e le dezir mi deseo non me oso aventurar.

Libro de buen amor, 598

En un país sin princesas ni actrices ni modelos, solo alguien como Ninotchka podía encarnar lo *chic*, el *glamour*, el *charme* y todos esos delicados afrancesamientos que el inglés intuye y el castellano repudia. Ninotchka era pura como una diosa pagana y perturbadora como una virgen manierista[173]. Tenía belleza, fortuna y talento. Tantos posibles tenía que ella misma era imposible... Ay, Ninotchka.

Muchos años antes de conocerla y muchos sueños antes de dirigirle la palabra, contemplé

---

[173] El Manierismo es una corriente artística y literaria que surgió después del Renacimiento (en la pintura italiana hacia 1530 y durante las décadas siguientes del siglo XVI). Un pintor manierista es, por ejemplo, Bronzino (ver la nota 22, p. 42).

conmovido una de esas escenas que permanecen para siempre en los archivos mágicos de la memoria: un matador español —Miguel o Gabriel Márquez— caminó lentamente hacia la barrera y le brindó engallado la muerte del primer toro. Y mientras los viejos aficionados de Acho aplaudían orgullosos intentando recordar desde cuándo no le brindaban un toro a una señorita limeña, mis ojos se precipitaron sobre Ninotchka y su vestido rojo. Rojo como un incendio secreto. Rojo como el capote de aquel torero en cuyos brazos imaginé a Ninotchka, desfallecida como Matilde Urbach[174].

—Nada. Ni caso le hice. Ni así —me respondió Ninotchka cuando desempolvé la anécdota—. Los toreros españoles son unos patanes. "Te voy a dar gloria bendita", me decía. ¡Qué pesado! Un mes se la pasó llamándome, como si yo me muriera por un viaje a España.

Ninotchka no se moría por nada ni por nadie. Había vivido en Nueva York, en París, en Londres, en Roma y en Ginebra. "Y algún día iré a Moscú —amenazaba guapísima— por la vajilla de mi abuela". Ninotchka era la mujer más hermosa de aquel lado del mundo y además estaba en mi pro-

---

[174] Un brevísimo poema de Borges (ver la nota 112, p. 105) lamenta no haber despertado una gran pasión amorosa de una mujer bella: "Yo, que tantos hombres he sido, no he sido nunca / aquel en cuyo abrazo desfallecía Matilde Urbach". ("Le regret d' Héraclite", *El hacedor*).

moción de la Facultad de Historia. Por eso jamás falté a clases. Y no por verla, que apenas iba, sino para tomar los apuntes que más tarde le haría llegar como un recado enamorado. "¿No tienes amor propio?", me preguntaban mis compañeras. Y la verdad es que no tenía, porque ninguno de mis amores me había pertenecido[175].

Lo maravilloso de amar a una mujer como Ninotchka estaba en que mis sentimientos eran desinteresados, altruistas y generosos. No esperaba nada de ella y a la vez me sentía dispuesto a darle todo. Un amor sin condiciones, un amor irrescindible. Un amor casi perruno, vaya.

—Así aman los que saben —le decía a mis compañeras.

—Así aman los que saben que no tienen ninguna posibilidad —remachaban ellas.

La familia de Ninotchka mandaba mucho en el país desde fines del XVIII, cuando el fundador del linaje dejó sus residencias de verano en Cantabria para presidir la Audiencia de Lima. Desde allí sus antepasados se esparcieron como abejas reales, almibarando colmenas en las copas más altas del poder. Durante la Colonia fueron cónsules, obispos y oidores; durante la Independencia próceres, ideólogos y legisladores; durante el siglo XIX

---

[175] Juega no dando a "amor propio" el sentido usual de "autoestima" o "dignidad"; sino el de posesión o propiedad (un amor que me pertenezca).

hacendados, banqueros e industriales, y ya en el siglo XX rectores, empresarios y mecenas. Los apellidos de Ninotchka prestigiaban la educación y las finanzas, las artes y las letras, la prensa y la diplomacia, los libros de historia y mis apuntes de historia.

—Ninotchka, ¿por qué nadie en tu familia ha querido ser presidente del Perú?

—Qué ingenuo eres —me compadecía sensata e irresistible—. Los presidentes del Perú nunca han tenido mucho poder.

Ninotchka conducía un antiguo Mercedes[176] que otra chica más pomposa y volandera habría reemplazado por un deportivo descapotable, pero a mí me atraía ese coche que la miraba con sus faros estupefactos y que lo mismo rugía que ronroneaba, según le hundiera la suave pendiente del tacón, esa espuela de cuero italiano capaz de provocar una estampida de doscientos caballos. Me encantaba salir de clases y acompañar a Ninotchka hasta el estacionamiento de la universidad, donde siempre me preguntaba qué iba a hacer para irme mientras yo me preguntaba qué iba a hacer para quedarme.

Dentro de la cabina abuhardillada del viejo Mercedes me envolvían los perfumes de Ninotchka, y al ver sus libros desleídos en el asiento trasero, la

---

[176] Mercedes Benz, marca de automóviles de lujo.

pluma fuente sobre la guantera y el bolso abierto abandonado en la moqueta[177], fantaseaba con que así sería su cuarto si las criadas no le hicieran la cama o recogieran su ropa. Ninotchka me dejaba al cruzar el puente del Terrazas, sin saber que allí permanecería oteando el mar durante horas, miniando ensueños esmerilados en íntima melancolía.

¿El tiempo hay que ganarlo o perderlo?, quiso saber una vez Ninotchka. Y por no decir "depende" contesté que ganarlo. De pronto me observó perpleja y enmelándome de ternura confesó que ella solo sabía perderlo. Traté de ser ocurrente y comenté lo valioso que era el tiempo que le dedicaba, pero me arrasó el desasosiego cuando me dijo que no le hacía gracia saber que alguien ganaba el tiempo que ella perdía. Por eso me iba siempre al malecón, a mal perder ese tiempo bien habido.

En realidad Ninotchka disfrutaba lo indecible cuando algún avezado pretendiente se computaba nacido para conquistarla, porque entonces le obligaba a dilapidar el mismo tiempo que ella pródiga perdía. Embajadores, diputados, escritores, periodistas, pintores y esclarecidos varios, se sometían resignados y optimistas a las leyes caldarias de Ninotchka, quien los hacía desfilar por las horcas caudinas[178] del ridículo.

---

[177] *moqueta*: alfombra o tapiz.
[178] *horcas caudinas*: hacer sufrir el sonrojo o la vergüenza de hacer por fuerza lo que no se quería hacer.

Nunca olvidaré aquella noche en que nos dieron las nueve mientras preparábamos un examen en su casa. El servicio se había retirado y el hambre nos carcomía a Regina, Makaki, Ana, Gísela, Ninotchka y a mí. Así las cosas Ninotchka recordó que el nuevo viceministro de Economía le había pedido que lo llamara "a cualquier hora para cualquier cosa", y muy espléndida marcó ese número que solo compartían ella, el presidente y el ministro.

—Dígale que soy Ninotchka, señorita, y verá cómo viene corriendo ... Hola, Busi. *Are you busy*, Busi? ... Aaah, los del Fondo Monetario ... Es que me muero de hambre, Busi, y quiero que te vengas a mi casa con unas pizzas ... Más tarde puede ser demasiado tarde, Busi ... ¿Pero qué es más importante para ti, estar conmigo o con los del Fondo Monetario? ... Tú verás, diles que vas a comprar dólares ... ¿Entonces te vienes? *You are so cute*, Busi ... No, Busi. Langosta no quiero. ¡Pizza, te he dicho! ... Dos romanas grandes y tres familiares de jamón con champiñones ... Es que estoy súper hambrienta, Busi ... Ay, qué loco eres, Busi ... ¡Loco! Que eres un loco ... Bueno, te vienes ahorita, ¿no? ... ¡Loco! Si quieres te vuelvo a decir loco ... Ya sabes, diles que vas a comprar dólares ... Chaucito, pues ... ¡Loco! Bbbrrr...

Al pobre viceministro se le quedó la cara de conserje cuando nos vio a todos en ayunas, y encima le cayó tremenda bronca por traer dos pizzas menos ("Te quedaste sin tu mitad, Busi"). Ninotchka no era mujer de tronío[179] sino trono del mujerío.

Una vez me contó lo que le había ocurrido durante la filmación de *Fitzcarraldo*, cuando Werner Herzog, Claudia Cardinale y Klaus Kinski se zambulleron en la selva peruana allá por 1981. "Pobrecitos —exclamaba Ninotchka—. Todos los *weekends* se venían desesperados a mi casa para ducharse y comer rico". Al parecer, uno de esos fines de semana se dejaron caer también Mick Jagger[180] y un cantante español medio relamido y con pinta de niño bonito. El *cast* tenía ganas de juerga y alguien propuso ir a una discoteca, pero Ninotchka estaba herida de romanticismo y convenció al españolito para que la acompañara en casa. "Ay, no sabes —precisaba preciosa—. Resultó mariconísimo, pero también súper gracioso. Yo le dije que si me lo hubiera dicho antes me habría ido con Mick Jagger, y me dijo que él también quería irse con Mick Jagger. Un plato".

A mí en cambio me interesaba Claudia Cardinale, una mujer de belleza rotunda y exquisita elegancia, apunté para picarla. Ninotchka dibujó un coqueto mohín de indiferencia y me explicó que

---

179 *tronío*: ostentación.
180 Cantante principal de The Rolling Stones; efectivamente visitó entonces el Perú.

la elegancia no consistía en ir de Dior ("que es huachafísimo", sentenció), sino en saber quiénes fueron Woorth, Poiret y Marbel[181]. "Además, la Cardinale se viste para los hombres y una mujer elegante siempre se viste para las mujeres".

Ninotchka era una sorpresa constante. Todo lo que ocurría a su alrededor era normal y fabuloso a la vez. Lo normal era que los hombres más exitosos y triunfadores se humillaran a sus pies. Lo fabuloso era ver cómo los choteaba[182]: con el empeine sublime, a puntazos displicentes o de artísticos toques de tacón. Suena el teléfono en medio de la Edad Media:

—¿Aló? ... ¿Quién? ... ¿Ramiro? ... ¡Hola, Ramirito! ¿Estás en Manhattan? ... ¿En la Isla de Pascua? Qué bestial, la Isla de Pascua ... ¿Que yo quedé contigo en la Isla de Pascua? ... Seguro que me he olvidado ... Tampoco sabía que ayer había sido tu cumpleaños, Ramirito. Feliz cumpleaños atrasado ... No. Yo no he recibido ningún pasaje, Ramirito ... Ramiro, ¡no me hables de plata o te cuelgo! ... A lo mejor hace un mes yo sí quería ir a la Isla de Pascua, pero te juro que ayer no estaba para ir a la Isla de Pascua ... No, Ramirito. Ni mañana ni pasado tampoco ... Pues ponte a pintar cualquier cosa ... Ay, Ramirito. Si es por eso mañana te mando por *courier* una caja de

---

Fernando Iwasaki

[181] Marcas de la moda más lujosa o elegante.
[182] *choteaba*: se burlaba de sus pretensiones.

témperas con sus pinceles y todo ... No seas cargoso, Ramirito. No pienso ir a la Isla de Pascua. Si me hubieras invitado a otro sitio seguro que habría ido ... Por ejemplo a Florencia ... No, dentro de un mes no, Ramirito ... Bueno, dentro de tres meses tal vez ... Sí, tú mándame el pasaje de nuevo; pero no me hagas viajar en turista que es súper incómodo ... Ay sí, Ramirito. Me encantaría que hicieras una pintura mía en la Isla de Pascua ... ¿Tú eres el artista, no? Imagíname como quieras pues, cholito ... ¡Cholito! Me gusta decirte cholito ... No, cholito; nadie se va a enterar de que te digo cholito[183] ... Cholo, ¡cholazo! Mi cholito mochica[184] pintor ... Chao, cholito ... Wískiti, wískiti para ti también. Bbbrrr...

En la Facultad de Historia nos habíamos acostumbrado a los enamorados y pretendientes de Ninotchka, con la misma resignación con que uno acepta a los parientes políticos y a los políticos parientes. Y así se acercaron hasta la rotonda

---

[183] En el Perú se usa *cholo* o *cholito* como expresión de cariño o confianza; pero, también, según el contexto y/o la entonación, como una mención racial (el cholo nace del mestizaje entre el blanco y el indio) de intención despectiva. Eso explica la preocupación de Ramiro de que sepan que Ninotchka lo llama con el ambiguo *cholo* o *cholito* (peor, *cholazo*). De otro lado, la complacencia con que Ninotchka repite *cholo* y derivados, sabiendo que lo incomoda, retrata muy bien su espíritu de dama torturadora (*belle dame sans merci*). Nos damos cuenta que finge cariño o confianza a Ramiro, cuando su verdadera actitud es desdeñosa y despectiva. Ver la nota 194, p. 165.

[184] *mochica*: antigua cultura preincaica, desarrollada al norte del Perú.

de Letras innúmeras criaturas en edad de merecer a Ninotchka. A saber, ganaderos argentinos, petroleros mexicanos, empresarios brasileños, aristócratas españoles y toda suerte de peruanos. Ninotchka les infligía un sinfín de atrocidades, pero la prueba más dura consistía en llevarles a la clase de la doctora Rosa Luisa.

La doctora Rosa Luisa dictaba Historia Medieval, disciplina en la que era una eminencia mundial; pero sus clases eran de dos a cuatro de la tarde y a esas horas soñolientas nadie quería saber nada de antipapas, concordatos y concilios. Las únicas alegrías de aquellas clases nos las ofrecía Ninotchka cuando llegaba estupenda con sus pretendientes, previamente cebados de mariscos, arroces y todas las menestras del recetario criollo. "Señorita Ninotchka, ¿quién nos hace el honor de acompañarnos esta tarde por favor?", inquiría curiosa la doctora, persuadida del éxito internacional de su asignatura. E inevitablemente —después de las presentaciones de rigor— las víctimas se arrellanaban majestuosas en primera fila, donde a la media hora advertíamos el naufragio de sus párpados y los derrotes de la cabeza, como los toros mansos después de la cuarta banderilla.

Al igual que en el canto vigésimo segundo de *La Odisea*, los pretendientes caían como ebrios funambulistas de la cuerda tensada por Ninotchka, quien maligna y bella reía y reía, más bella y maligna que la Eulalia de Darío[185]. Tan solo sobrevivió a esta ordalía insomne y cruel Ántero Goyeneche, joven presentador del magazín político más importante del país, entrevistador implacable y yerno ideal para cualquier matrona limeña. Ántero parecía disfrutar con las clases de la doctora Rosa Luisa, a quien cortejaba con la misma picardía que a Ninotchka.

—Señor Goyeneche, ¿no le parece a usted que Pipino el Breve fue un gran estadista? —preguntaba la doctora.

—Me parece un personaje fascinante, doctora —respondía seductor Goyeneche, como si estuviera en un estudio de televisión.

La doctora Rosa Luisa se estremecía de placer ante aquellas zalameras respuestas, y volvía a la carga con la tenacidad de los cazadores de autógrafos.

—Y si usted pudiera entrevistar a un personaje célebre de la Historia Universal, ¿a quién entrevistaría, señor Goyeneche?

—Sin duda a Pipino el Breve, doctora.

—Oye, Cuchicuchi —interrumpía Ninotchka—. ¿No era a mi tío *Érfono*?

—No pues, Nanikuchi —la calmaba Goyeneche—. Tu tío *Érfono* sería mi entrevistado de la Historia del Perú.

[185] La hermosa y frívola marquesa Eulalia del poema "Era un aire suave…" de *Prosas profanas* del nicaragüense Rubén Darío (1867-1916).

Y así, esa noche soñé con el programa de Ántero Goyeneche, quien había invitado a Pipino el Breve, Gualterio sin Haber y Enrique Plantagenet, para intervenir en un panel dedicado a la Querella de las Investiduras. Y tras la publicidad aparecía doctoral el tío *Érfono* (Onofre al revés), fanal incombustible del pensamiento peruano.

Así era Ninotchka, inabarcable como las nevadas estepas que convocaban su nombre, inaccesible como una estrella del *Bolshoi*[186] e inalcanzable como un correo del zar. Ninotchka, como un personaje de Greta Garbo[187], aunque con más garbo que Greta. "¿Qué dices, Greta Garbo? —me amonestaba risueña— ¿Tú crees que me llamo así por una película cualquiera?". El cristal de su voz endulzaba el silencio de catedral que reverberaba en todas las estancias de su casa.

Me contó entonces algo que muy pocos sabían, que era sobrina-bisnieta de la condesa Emmanuela Potocka, musa de Maupassant[188] y reina de los salones[189] parisinos de principios del siglo XX. De un tarro vagamente heráldico[190]

---

[186] Célebre compañía de ballet del teatro Bolshoi de Moscú.

[187] La actriz sueca Greta Garbo (1905-1990) protagonizó la película *Ninotchka* del director norteamericano (de origen alemán) Ernst Lubitsch (1892-1947).

[188] El escritor francés Guy de Maupassant (1850-1893).

[189] *salones*: reuniones aristocráticas de carácter literario, artístico o político.

[190] *heráldico*: perteneciente al blasón o escudo de armas de una persona, linaje o ciudad.

sacó unos recortes patinados de sepia por el tiempo, y me mostró el retrato de una hermosa mujer que parecía Ninotchka, pero más bien otra Ninotchka. "Es preciosa", balbuceé algo turbado.

—No seas borrico —me resondró—. No mires la foto, mira la firma del artículo.

La condesa era de una belleza indomable, a pesar de la escarcela[191] y las alhajas que pretendían en vano atemperar su naturaleza mundana. Y entonces vi que se trataba de un recorte de *Pastiches et Mélanges* de 1904, y que la crónica de sociedad la firmaba Marcel Proust[192]. Con las manos temblorosas alcancé a descifrar reverente cómo Proust consideraba a *Madame* Potocka una heroína balzaquiana[193] y una *Belle Dame sans merci*[194], frase que no entendí del todo pero que interpreté como un cumplido.

—Fue una loca suelta —le oí susurrar a Ninotchka—. Media Europa se moría por ella y la bandida nunca le hizo caso a nadie. Mi abuela era su sobrina y su dama de compañía. De chica me contaba cómo paseaban juntas por el Bosque

---

[191] *escarcela*: adorno femenino, especie de cofia (red de seda o hila que se ajusta a la cabeza; también, gorra).

[192] Ver la nota 103, p. 103.

[193] *balzaquiana*: relativo a las novelas del escritor francés Honoré de Balzac (1799-1850).

[194] *Belle dame sans merci*: expresión acuñada en la poesía francesa medieval dentro del amor cortés, para referirse a una hermosa dama que gusta hacer sufrir a sus pretendientes, sin compasión ni gratitud alguna.

de Bolonia[195], rodeadas de niebla y de galgos rusos.

—¿Estuvo Proust enamorado de ella? —pregunté por saber adónde llegaríamos por esos rumbos.

—No seas inculto —volvió a reprocharme—. Proust era mariconísimo, pero también súper gracioso. Mi abuela siempre decía que se divertía horrores con él. Proust y la Potocka eran dos locos sueltos. Mira la tarjeta que Proust le mandó a mi abuela cuando se vino a vivir al Perú.

Y escarbando en su lata desenterró una postal fechada en 1910, que con diminuta caligrafía rezaba:

Temps perdu ne se retrouve point. Marcel.

—¿Qué quiere decir exactamente?

—Quiere decir "El tiempo perdido no se puede recuperar". ¿Es que todavía no has leído *En busca del tiempo perdido*? —me interrogó frunciendo el ceño deliciosa.

—Todavía no —respondí con un hilo de voz, y acordándome de los siete tomitos que había dejado de comprar por culpa de los patines—. En realidad pensaba leer esa novela dentro de unos años más. Cuando sea menos inmaduro.

Fernando Iwasaki

---

[195] El bosque más elegante de París.

Ninotchka no tenía idea de mi edad, y se divirtió mucho cuando supo que era como nueve años mayor que yo. "Eres una criatura —me repetía—. Y yo invocando contigo a la corruptora de mi tía bisabuela".

En Lima nadie hablaba jamás de la familia materna de Ninotchka, porque sus apellidos paternos bastaban para imponer silencio a todo el mundo. Sin embargo, su belleza rusa brillaba como nunca esa tarde, irisada de literatura. Pensé en los ojos de Lara de *El doctor Zhivago*[196] y en las trenzas perfumadas de trigo de las campesinas de Chejov[197]; en aquel trágico juguete en que se convirtió la Katiusha de Tolstoi[198] y en la contemplación desmayada de la Mashenka de Nabokov[199]. En todo aquello pensaba cuando entreví, sobre su delicada muñeca, el huesecito tierno de las bellezas rusas[200].

---

[196] Lara es la hermosa de la que se enamora (como un sueño fugaz) Zhivago, en la novela del escritor ruso Boris Pasternak (1890-1960).

[197] El escritor ruso Anton Chejov (1860-1904).

[198] El escritor realista ruso León Tolstoi (1828-1910). Conforme ha explicado Amalia Vilches (en el X Simposio Internacional sobre Narrativa Hispanoamericana Contemporánea dedicado a "La ironía en la Narrativa Hispánica Contemporánea"): Katiusha, la heroína de *Resurrección* de Tolstoi, la historia de un amor frustrado e imposible.

[199] Ver la nota 161, p. 136. *Mashenka*, la primera novela de Nabokov, "nos enseña que todo tiene su momento y que la hermosura del recuerdo está en manternerlo intacto en un irrepetible tiempo pasado. (…) La ironía está en la alusión: como a Mashenka Ganin, el protagonista Fernando amará años más tarde a Ninotchka justo el tiempo del regocijo literario y del olvido; igual que Borges, que nunca sentirá en sus brazos el calor de Matilde Urbach, él no abrazará jamás a Ninotchka" (Amalia Vilches).

[200] Huesecillo celebrado por Nabokov.

—Quiero pedirte un favor muy especial —me suplicó arrullándome con el frufrú[201] de sus pestañas.

Silencio, éxtasis, quimeras[202].

—Me gustaría que escribieras sobre mí —continuó—. Que contaras cómo soy en realidad. Que hicieras conmigo lo que hizo Proust con la condesa Potocka.

—¿Y por qué has pensado en mí? —tartamudeé.

—Porque a mí se me acerca mucha gente por lo que represento y no por lo que soy —respondió espaciando cada palabra una eternidad, como si caminara cuando caminaba, con la lentitud deliberada y consciente de las mujeres que gustan—. Y porque a ti nunca se te ocurriría enamorarte de mí, ¿no?

—No, qué ocurrencia, Ninotchka. Por supuesto que no.

—¿Y se puede saber por qué? —arremetió de golpe—. ¿No te gusto?, ¿te parezco muy vieja?

—Porque sería una pérdida de tiempo, y el tiempo perdido no se puede recuperar —admití hecho trizas.

Ninotchka celebró mi respuesta, y aunque comentó que era ingeniosa comprendí que ya sabía

---

[201] *frufrú*: sonido ligero producido por el roce de algo, en particular las sedas o las alas.
[202] *quimeras*: productos de la imaginación que se presentan como posibles o verdaderas, no siéndolo.

que yo sabía que lo sabía. Me prometió una copia de la miniatura de Proust, también una semblanza de Marilyn Monroe[203] escrita por Truman Capote[204] y una olvidada novela de Tolstoi que siempre le leían cuando era niña, porque su abuela había conocido a María Alexandrovna[205].

Al despedirme en la puerta me volvió a pedir que escribiera sobre ella, y dejó entender que no le importaría que dijera cuánto la había querido. "Si me tienes que querer para escribir –dijo mimando cada palabra–, quiéreme y no escribirás en vano". Y caminé hacia el malecón de Barranco en busca de un título y a escribir en el mar acerca del tiempo perdido[206].

---

[203] Marilyn Monroe (1926-1962), actriz norteamericana, mito erótico ("bomba sexy") del cine.

[204] El narrador norteamericano Truman Capote (1924-1984).

[205] Explica Amalia Vilches: "María Alexandrovna, exaltación implícita de los amores extraconyugales, porque de lo que no se puede dudar es de que Ninotchka y él no llegarán a saborear nunca la rutina que arruinará la pasión de los protagonistas de *Felicidad conyugal*, la intensa y condensada novela de Tolstoi".

[206] *escribir en el mar* (similar a sembrar en el mar): tarea vana ante la acción del tiempo. El mar connota algo muerto (mar-muerte, como en las coplas de Jorge Manrique). Juega con el título de "El mar del tiempo perdido" del colombiano Gabriel García Márquez (1927), cuento de *La increíble y triste historia de la cándida Eréndira y su abuela desalmada*.

Itzel

Si sabes estromentos bien tañer o tenplar,
si sabes o avienes en fermoso cantar,
a las vegadas poco, en onesto lugar
do la muxer te oya, non dexes de provar.

Libro de buen amor, 515

A mediados de 1984 el decano de mi facultad me dijo que había sido seleccionado para disfrutar de una beca de investigación en el extranjero, y que podía elegir entre la Biblioteca del Congreso de Washington y el Archivo de Indias de Sevilla. Yo, que pensaba que dominaba el inglés respondí que Washington, pero el decano, que era hombre de mundo, me abrió los ojos al advertirme que uno solo domina un idioma cuando es capaz de enamorar en ese idioma. Por eso decidí viajar a Sevilla: para perfeccionar mi español.

A veces basta con casarse o con ganar la lotería para descubrir que uno posee talentos y atractivos hasta entonces soterrados[207]. Mi beca resultó ser algo parecido, pues su solera[208] y su prestigio me doctoraron antes de empezar la tesis y me patinaron de cosmopolitismo. En la imaginación maternal de mis alumnas de la Trena y de la universidad yo era un chico indefenso, condenado a vivir solo en un país extraño. "¿Quién te va a cocinar?", me preguntaban; "¿Cómo te las vas a arreglar sin nadie?", querían saber; "¿Y en tu santo vas a estar solito?", me compadecían. Una aureola de bohemia y romanticismo me nimbó[209] durante los meses previos al viaje, aunque tampoco me comí una rosca[210] porque mi súbito encanto consistía en que me iba. Por fin las chicas me querían, pero me querían fuera del país.

El día de mi partida fue la familia en pleno al aeropuerto. Y como tres cosas hay en la vida[211], a mamá le inquietaba mi salud ("Viejecito, ojalá encuentres todos los ingredientes de las recetas que te he dado"); a papá le preocupaba el dinero ("¡Métete los dólares en el calzoncillo!"), y a la tía Nati le perdía el amor ("Ahijado, ten cuidado, que las españolas son de lo peor"). La tía Nati no

---

[207] *soterrados*: escondidos.

[208] *solera*: valor tradicional.

[209] *nimbó*: ver la nota 87, p. 93.

[210] *me comí una rosca*: pude estar con nadie.

[211] Es un dicho popular (lo canta incluso una canción tropical) que tres cosas hay en la vida: salud, dinero y amor.

tenía cómo saber que peor[212] que las peruanas, imposible.

A miles de metros de altura me sobrecogió la impaciencia por llegar a Sevilla. Quizá en Lima nunca le había gustado a nadie porque todas las chicas tenían los mismos gustos, pero en Sevilla esperaba encontrar mujeres de todo el mundo y con caprichos menos exigentes: becarias sudamericanas y universitarias europeas, bailaoras japonesas y turistas alemanas, institutrices inglesas y mochileras americanas. Todas juntas en Sevilla y sin contar a las españolas, que según la tía Nati eran "de lo peor". Eso me hacía mucha ilusión, porque para las chicas de Lima yo era también de lo peorcito[213].

Paso por alto los ateridos días de Madrid, la rasca[214] de la mañana en que llegué a Sevilla y la semana entera que dediqué a buscar un piso compartido por los tablones de la universidad. El caso es que a mediados de enero ya estaba instalado en un apartamento de Los Remedios, con un gringo libanés que en cuanto probó las recetas de mamá condescendió a lavar los platos. Como nunca he sido abusivo, en cuanto

---

[212] La tía Nati usa "de lo peor" en el sentido que son muy peligrosas o mañosas en asuntos amorosos. El protagonista alude a que le ha ido pésimo con las peruanas, porque nunca ha logrado que correspondan a su amor.

[213] "peorcito", en el sentido de carecer de cualidades para interesar a las mujeres.

[214] *rasca*: frío intenso.

conocí a sus amigas condescendí a fregar[215] los suelos.

Sevilla debía tener la tasa más alta de mujeres despampanantes por metro cuadrado, pues en menos de cinco días me había enamorado de una pianista de Pamplona, una estudiante americana, una vecina del bloque y una farmacéutica del barrio, amén de varias dependientas, transeúntes y pasajeras de autobús. Acostumbrado a platónicos[216] y dilatados amoríos, semejante sobredosis de fantasía me arrambló[217] de remordimientos y me hizo sentir como un mujeriego sin escrúpulos, un sátiro[218] y un Barba Azul[219]. Sin embargo, todo volvió a ser como antes el día que conocí a Itzel.

A mí me gustaba llegar al archivo a un cuarto para las ocho, cuando la lumbre de las farolas

---

[215] *fregar*: limpiar restregando con cepillo, trapo, etc., empapado en agua y jabón u otro líquido adecuado.

[216] *platónico*: derivado de la filosofía del griego Platón (hacia 427-347 a.C.). En el lenguaje familiar, suele llamarse *platónico* al amor idealizado que no ceja aunque no sea correspondido y no exista posibilidades de satisfacer el deseo sexual; se lo conecta con el sentimentalismo romántico.

[217] *arramblar*: arrastrarlo todo, llevándoselo con violencia. Aquí equivale a 'me inundó', o sea 'me llenó'.

[218] *sátiro*: en la mitología griega, semidiós medio hombre y medio macho cabrío, propenso a satisfacer su deseo sexual con las ninfas. En sentido figurado, se aplica a la persona lasciva que se lanza a la conquista de las mujeres vistas como objetos sexuales.

[219] *Barba Azul*: protagonista del cuento de hadas recogido por el escritor francés Charles Perrault (1628-1703), que se casa con numerosas mujeres a las que luego asesina.

crepitaba todavía y Sevilla chispeaba como un bibelot[220] negro. Los investigadores más puntuales cultivaban un aspecto grave y doctoral, salvo los americanos, que uno siempre ignoraba si se acababan de levantar o si nunca se habían acostado. La mayoría de becarios latinoamericanos —por otro lado— llegaba a partir de las nueve y media, menos Itzel, que se hacía esperar hasta las diez. Cuando irrumpía radiante en la sala de investigación todo me resultaba más hermoso, más leve y más claro. Hasta la letra de los notarios del siglo XVII.

Itzel tenía nombre maya[221] porque sus padres —republicanos españoles exiliados en México— no encontraron mejor manera de reparar los estropicios que la dominación colonial había perpetrado en el país que les había acogido. Nombrar a Itzel era como pronunciar una palabra mágica y amar a Itzel era la consecuencia de aquella magia. Así, el mismo día que nos presentaron en el bar Vicente decidí conquistarla, pues algo muy valioso sí que había aprendido después de tantos años de malandanza: con el "no" ya contaba de antemano.

Pero Itzel no era solamente una mujer bella —¡bellísima!— sino una persona brillante y de

---

[220] *bibelot*: objeto pequeño (preferentemente, una figurita) usado como adorno.
[221] *maya*: antigua cultura prehispánica, con el centro en la Guatemala actual, cuyo imperio se extendió hasta el actual México.

una seductora inteligencia. Además, como hija de intelectuales exiliados siempre hablaba de la amistad de sus padres con otros transterrados[222] ilustres como Juan Ramón[223], Cernuda[224] y Salinas[225], por no hablar de mexicanos como Diego Rivera[226], Octavio Paz[227] y Alfonso Reyes[228]. A mí me hechizaba cada vez que me contaba sus meriendas semanales con Guillén[229] y Max Aub[230], pero su vivencia más extraordinaria era de apenas dos años atrás: el entierro de Buñuel[231]. "A esos hijos de la chingada[232] que mandó el gobierno español —me decía mirándome a los ojos— los mantuvimos lejos de Luis, porque Buñuel era nuestro". Por supuesto que "nuestro" no quería decir mexicano, sino de esa otra España *sui generis* que era la España de los desterrados. ¡Ay, Itzel! De ella podría decir que me sedujo su perfil intelectual. Qué perfil tenía, qué intelectual era.

---

[222] *transterrados*: forzados a establecerse en un país extranjero, en especial por motivos políticos.
[223] El poeta Juan Ramón Jiménez (1881-1958).
[224] Luis Cernuda (1904-1963), poeta de la Generación del 27.
[225] Pedro Salinas (1892-1951), poeta de la Generación del 27.
[226] El muralista Diego Rivera (1886-1957).
[227] El poeta y ensayista Octavio Paz (1914-1998).
[228] El polígrafo (todo un auténtico humanista) Alfonso Reyes (1889-1959).
[229] Jorge Guillén (1893-1984), poeta español de la Generación del 27.
[230] El escritor español Max Aub (1903-1972).
[231] El cineasta español Luis Buñuel (1900-1983), integrante de la Generación del 27.
[232] *chingada*: hijos de la chingada; hijos de puta.

Fernando Iwasaki

Por primera vez tantos libros desvelados tuvieron para mí una utilidad romántica[233], y sobre las mesas de tropecientos[234] bares sevillanos desplegué minucioso la cartografía[235] enamorada de mis lecturas completas. Itzel me observaba impasible como una diosa tolteca[236] y sus pronunciamientos eran tonantes e irrevocables:

—No has leído a Jarnés, pendejo[237].

—¿A quién?

—A Benjamín Jarnés[238], un escritor exiliado. Era amigo de papá.

—Aaahh...

—Tienes que leerlo, güey[239].

—Por supuesto.

Era imposible impresionar a Itzel. Si a mí me encantaba Borges[240], ella prefería a Calvino[241]. Si yo sugería a Cortázar[242], entonces me recomendaba a Arreola[243]. Si recitaba un poema de

---

[233] *romántica*: en lenguaje familiar, se aplica al amor sentimental.

[234] *tropecientos*: muchos.

[235] *cartografía*: arte de trazar mapas y cartas geográficas.

[236] *tolteca*: antigua cultura mexicana.

[237] *pendejo*: en España y México, significa 'tonto', estúpido en tono de lisura (es decir, lo opuesto a lo que significa en el Perú: 'vivo, listo, mañoso' y en registro de lisura 'cojudo', ver la nota 131, p. 116).

[238] El escritor español Benjamín Jarnés (1888-1950).

[239] *güey*: pronunciación vulgar de *buey* con un sentido despectivo para referirse, entre mexicanos, a alguien lento o manso (donde ser manso lleva al uso mexicano de ser "menso", tonto).

[240] Ver la nota 112, p. 105.

[241] El escritor italiano Italo Calvino (ver la nota 102, p. 103).

[242] El escritor argentino Julio Cortázar (1914-1984).

[243] El escritor mexicano Juan José Arreola (1918).

Vallejo[244] me devolvía una dedicatoria de Neruda[245]. Si uno había tomado café con Vargas Llosa[246], ella había cenado con Carlos Fuentes[247]. Si a mí me gustaba Valle Inclán[248], de inmediato deploraba la postal mexicana de su *Sonata de Estío*[249]. Una ingenua mañana le confesé cuánto había disfrutado con Azorín[250] y casi perdí lo poco que había conseguido: "Pinche[251], pendejo. Los fachos[252] solo le cuadran a los zopilotes[253]". Fue así como comprendí que a Itzel jamás la seduciría con literaturas, y no tuve más remedio que echar mano de la única munición intelectual que me quedaba: las rancheras.

Los fines de semana nos reuníamos los becarios del archivo en La Carbonería, una suerte de

---

[244] Ver la nota 28, p. 46.

[245] El poeta chileno Pablo Neruda (1904-1973).

[246] El novelista y ensayista peruano Mario Vargas Llosa (1936), protagonista del "boom" de la novela hispanoamericana. Ver la nota 7, p. 15.

[247] El novelista y ensayista mexicano Carlos Fuentes (1928), protagonista del "boom" de la narrativa hispanoamericana.

[248] Ver la nota 88, p. 93.

[249] *La Sonata de Estío* está ambientada en un México sin base real, de cartón.

[250] El escritor español Azorín (1973-1967), integrante de la Generación del 98.

[251] *pinche*: de modo despectivo, 'ayudante, alguien de ínfima categoría'.

[252] *fachos*: partidarios del fascismo, doctrina totalitaria e imperialista, represora de las razas o pueblos considerados "inferiores"; políticamente, corresponde a la extrema derecha. Los partidarios del franquismo (su jefe era el dictador Francisco Franco, 1892-1975) conforman la versión española del fascismo italiano.

[253] *zopilotes*: gallinazos (aves hediondas que se alimentan de carroña y podredumbre).

Fernando Iwasaki

taberna progre[254] con aire de tablao[255] flamenco[256], donde siempre había una guitarra a disposición de quien pudiera rasguearla. Una noche
en la que el ambiente no estaba muy animado
alguien nos preguntó si sabíamos canciones sudamericanas, y sin proponérmelo la guitarra cayó
en mis manos. Al principio tiré por lo más fácil
—"La flor de la canela", "Los ejes de mi carreta" y
los boleros de Los Panchos—, pero envalentona-
do por la gente que comenzó a sentarse con nosotros me atreví a ensayar un repertorio menos
convencional.

"El pájaro Choguí" atrajo a los que estaban
en la barra, "O qué será" metió en la concurrencia un gusanillo de lo más rumbambero, el "Son
de la loma" fue la primera canción que canta-
mos todos juntos y "La muralla" desató un furor casi dionisíaco[257]. A los parroquianos de La
Carbonería les iba la marcha, y si la marcha era
de protesta, mejor. En mi inconsciente ondearon
de nuevo las rojas banderas de una vieja elección universitaria, y así entoné los éxitos más
románticos y combativos del cancionero revolucionario. ¿Cuántas chicas se habían reunido al

---

[254] *progre*: de ideas progresistas, izquierdistas.
[255] *tablao*: pronunciación popular de *tablado*, en el sentido de locales
dedicados a Dionisio (Baco), deidad de la embriaguez.
[256] *flamenco*: andaluz agitanado. Suele aludir al cante y baile flamencos.
[257] *dionisíaco*: descontrol en los ritos y bailes dedicados a Dionisio
(Baco), deidad de la embriaguez.

conjuro de la guitarra? "Te recuerdo Amanda" llevaba un traje de lo más ceñido, "Alfonsina y el mar" tenía los ojos azules y "Yolanda" era de filología[258]. Ahí mismo me hubiera muerto de placer de no haber sido por Itzel, quien quiso dejar bien claro que toda la baba que se me caía era por ella.

—Ya pegaste tu chicle, mi rey —me interrumpió cogiéndome la mano—. Y ahorita estas pinches viejas se chingan[259] y me cantas una ranchera.

Y como nunca había cantado rancheras estando sobrio y menos aun para seducir a una mexicana, cometí la imprudencia de preguntarle cuál. "El tren de la ausencia", respondió Itzel, más requetebonita que "María Bonita[260]". En aquel instante advertí —preso de pánico— que yo no era ningún mariachi, que en realidad no me sabía ni cinco rancheras y que en la rocola de mi memoria no estaba "El tren de la ausencia". La escena siguiente fue digna de una película mexicana. Nadie supo por qué de repente dejé de tocar, quién era la loca que se había enfadado conmigo y qué tenía que ver "Allá en el Rancho Grande"

---

[258] *filología*: ciencia que estudia una cultura, tal como se manifiesta en su lengua y literatura, principalmente. También, disciplina que se ocupa de los métodos más rigurosos para fijar (reconstruyéndolos si es preciso, eligiendo la versión más autorizada) e interpretar los textos.

[259] *chingan*: fastidian (con tono malsonante de 'joden, friegan').

[260] El músico mexicano Agustín Lara (1901-1970) compuso "María Bonita".

con las canciones de Silvio Rodríguez[261]. Solo yo comprendí el disgusto de Itzel, la indignación que ardía en sus mejillas y el verdadero sentido de la bronca que me echó antes de levantarse y salir majestuosa por el portón de La Carbonería: "Ya me diste en la madre[262], güey. Y me largo porque ora sí te saliste del huacal[263]".

En los relatos de Borges[264] algunos personajes descubren la suma del universo pronunciando la Palabra[265] que quiere decir maravilla, descifrando la escritura de los dioses en la piel de los jaguares[266] o contemplando boca abajo una esfera tornasolada de intolerable fulgor[267]. Uno jamás llegó a tanto, mas cuando Itzel me abandonó permanecí unos instantes observando mi cara de mono en el poso[268] de una copa de anís[269], y entonces descubrí que me sabía todas las rancheras aunque no pudiera cantar ninguna. Como si las hubiera

[261] "Allá en el Rancho Grande" es una de las rancheras más conocidas (también da título a una de las películas mexicanas con escenas como la descrita), mientras que Silvio Rodríguez forma parte de la "nueva trova" (con canción protesta y mensaje revolucionario) cubana.

[262] Significa que le llegó a lo más hondo, a la raíz, y ya no puede tolerarlo más.

[263] *Salirse del huacal*: en México, significa 'salirse de quicio, perder los estribos'.

[264] Ver la nota 112, p. 105.

[265] El cuento "Undr" (de *El libro de Arena*).

[266] El cuento "La escritura del Dios" (de *El Aleph*).

[267] El cuento "El Aleph" (del libro homónino).

[268] *poso*: sedimento del líquido contenido en una vasija.

[269] Alude a la marca "Anís del Mono".

vivido, vaya. Y así, mientras fantaseaba que al día siguiente le dirían que me vieron muy borracho y que orgullosamente Itzel decía que "es por mí[270]", unas voces en *off* de acento andaluz me arrancaron de aquel sueño doblado por mexicanos.

—Copón[271], gracias a ti hemos ligado[272]. Te debemos una.

—Como que te vamos a hacer un homenaje de categoría.

De pronto los charros de mi película se difuminaron hasta encarnar en dos escuálidas figuras que me sonreían amistosamente. El más bajo era una mezcla inverosímil de Óscar Wilde[273] y Lucky Luke[274] ("Barberán. Soy de Jaén, hijo de maestro de escuela y de familia numerosa") y el más alto tenía toda la pinta de ser un *hippy* de permiso del servicio militar, con la camisa más florida que un huevo de Pascua y los zapatos tan relucientes como los de un mariscal ("Para los amigos Rebollo, para lo enemigos la novia del pollo[275]"). Barberán resultó plumilla[276] de un diario sevillano y Rebollo

---

[270] Parafrasea la letra de la ranchera "Pa' todo el año".

[271] *copón*: se refiere al cáliz eucarístico. En España, tiene el sentido de suertudo.

[272] *ligar*: trabar conversación con intenciones de iniciar una relación sexual. Conseguir una relación sexual con una persona desconocida.

[273] El escritor irlandés Óscar Wilde (1856-1900).

[274] Lucky Luke es un personaje de un cómic (historieta) ambientado en el Oeste norteamericano.

[275] *la novia del pollo*: la polla; palabra que, en España, significa 'falo', en la replana.

[276] *plumilla*: de *pluma*, en el sentido de 'escritor'.

guitarrista en una academia de baile flamenco. Al parecer cada uno había pescado una cita en el río revuelto[277] de mis canciones, aunque no venían a darme las gracias sino a pedirme que repitiera el numerito.

—Si ha sido un éxito, copón. ¡Había hasta extranjeras!

—Y unas tías de categoría[278], que ni siquiera olían malamente.

En realidad no me hacía ni pizca de gracia rebobinar la cinta de mi fallido recital, ya que ninguna de aquellas melodías había conmovido a Itzel. Barberán se impacientaba con mi renuencia, como aquellos futbolistas que a punto de lanzar un *penalty* descubren que la única pelota del estadio está en la tribuna. "A ver si vas a ser como el perro del hortelano" —gruñía Barberán— "que ni follaba[279] ni dejaba follá", remató la frase[280] Rebollo. Me sacaba de quicio la arrogancia de ese par de huevofritos[281], tan seguros de conseguir en diez minutos lo que uno no había conseguido en diez años.

---

[277] Alude al dicho "a río revuelto, ganancia de pescadores".

[278] *tías de categoría*: parece significar 'mujeres de malas costumbres o prostitutas'; pero, también, vale por 'mujeres físicamente atractivas'.

[279] *follar*: realizar el acto sexual.

[280] El dicho antiguo es: "ser como el perro del hortelano, que ni come ni deja comer". Nótese la conexión, frecuente en el lenguaje vulgar, entre 'comer' y 'realizar el acto sexual'.

[281] *huevofritos*: tontos, personas que dan pena o generan burla o desprecio.

—Copón, ¿qué es lo quieres? —me preguntó a bocajarro[282] Barberán.

—"El tren de la ausencia" —respondí ofuscado.

—Haberlo dicho antes, coño[283] —se alivió Rebollo—. De aquí te llevamos a la estación de San Bernardo. Y si no, te alargamos a tu pueblo.

Mi primera reacción fue de perplejidad y la segunda de risa, pero entonces los tres ya nos reíamos como tontos y sin saber exactamente de quién. Para explicarles lo de "El tren de la ausencia" tuve que hablarles un poco de Itzel y terminé contándoles todo sobre Carmen ("Musho cuidao con la güija de los cojones"), Taís ("Copón, a mí me gustan así, fuertes"), Carolina ("Musho cuidao con los comunistas de los cojones"), Licy ("Copón, a mí me gustan así, canijas[284]"), Alejandra ("Musho cuidao con los patines de los cojones"), Camille ("Copón, a mí me gustan así, del Opus"), Rebeca ("Musho cuidao con los judíos de los cojones"), Ana Lucía ("Copón, a mí me gustan así, besuconas") y Ninotchka ("¡Los rusos son los más farsos de España!").

A miles de kilómetros del egosistema[285] de mis fracasos no me importó cantarles la ranchera de mi vida, mas cuando terminé la presentación de

---

[282] *a bocajarro*: de improviso, sin preparación ninguna.

[283] *coño*: expresión vulgar, parte externa del órgano genital femenino.

[284] *canijas*: de pequeña estatura.

[285] *egosistema*: neologismo ('concerniente al yo, al ego') construido en base a *ecosistema*.

mi *ridículum vítae*[286] amoroso, me sumergí en un desconsolado silencio del que me rescató Rebollo con sus filosofares flamencos: "Tu vida es un martinete[287], querido: de pena y a palo seco[288]". Entonces Barberán puso la guitarra entre mis manos y me animó a cantar de nuevo aprovechando que estaba triste, porque Lucky Wilde sostenía que a las mujeres les volvía locas la depresión y la melancolía. "Es la ley de la gravedad, copón: tú te pones grave y los cuerpos caen[289]".

A medida que las chicas seguían sentándose alrededor de la música, aumentaba mi curiosidad por las estrategias galantes de Rebollo y Barberán. Si uno sonreía el otro lloraba, cuando uno aplaudía el otro permanecía impasible, mientras uno pedía nuevas canciones el otro me urgía a terminar de una vez. Muy pronto se enrollaron con las más entusiastas y se las apañaron[290] para entablar una de esas imprescindibles charlas de aparente ingenuidad que luego son decisivas para saber con quién, cómo, dónde

---

[286] *ridículum vítae*: su currículum vítae lleno de situaciones rídiculas.

[287] *martinete*: martillo o mazo grande, movido mecánicamente. Además, suena cercano al vocablo *martirio*.

[288] *a palo seco*: sin más, sin ningún adorno o complemento.

[289] Deformación ingeniosa de la Ley de la Gravedad (referente a la caída de los cuerpos). Aquí supone ponerse 'grave' significando 'muy mal, melancólico o deprimido' y así logra atraer a las mujeres apetecibles (es decir, "cuerpos", sexualmente 'cuerpazos').

[290] *apañar*: en el uso familiar, 'darse maña para hacer alguna cosa'.

y cuándo, sin importar por qué. Y un servidor, "Moliendo café[291]".

Cuando llegué a las canciones de la Nueva Trova cubana los susurros se volvieron más íntimos y personales, las voces se acaramelaron y las miradas fueron más intensas, provocadoras. Contra todo lo que hubiera imaginado, Barberán les contaba que era de Jaén, hijo de maestro de escuela y de familia numerosa; y hasta presumía de ser el último gacetillero de la redacción de su periódico y de haber rechazado una oferta del mejor diario de Sevilla porque no se le apetecía trabajar demasiado. Rebollo, en cambio, las embadurnaba de piropos y les prometía homenajes de categoría mientras recitaba ripios[292] de una métrica incomprensible para mí. Barberán les entraba a lo bestia ("Copón, si lo hacemos esta noche mañana podemos repetir") y Rebollo las abrumaba con su exquisita sensibilidad ("Tú me dices qué perfume usas y yo te pongo una garrafa en lo alto").

Cuando los camareros de La Carbonería me reclamaron la guitarra, mis compañeros ya llevaban más de media hora recibiendo apachurres y ternuras de dos señoritas que tres horas antes me habían parecido de lo más compuestas y formalitas. ¿Qué habrían visto en ellos que no hubieran encontra-

Fernando Iwasaki

---

[291] Título de una canción popular.

[292] *ripios*: palabras inútiles que se ponen únicamente para completar el metro de los versos, pero que no poseen valor expresivo o artístico.

do en mí? Por eso hui sigiloso de La Carbonería: para que no me encontraran. Y así, mientras penaba por la calle Vidrio queriendo hallar el olvido al estilo Jalisco, los resuellos exhaustos de Rebollo y Barberán rasgaron el afelpado silencio de la noche:

—¡Si teníamos una para ti, copón!

—¡Me cashen los moros, con lo entregá que estaba la gachí[293]!

Como buen periodista, Barberán no podía entender que uno desdeñara la noticia caliente de La Carbonería por el frío editorial del Archivo de Indias; pero Rebollo era un artista y al menos él sí comprendió por qué no me sentía capaz de desear a otra mujer que no fuera Itzel ("A ti lo que te hace farta es una novia que te dure más que un pantalón de pana"). Nunca hasta entonces había compartido así mis naufragios pasionales, pero el cariño espontáneo y torrente de Rebollo y Barberán me abría las carnes y las confidencias más recónditas.

Prestos a socorrerme, Rebollo y Barberán me llevaron a trompicones hacia la peña Torres Macarena, donde según decían cantaba un gitano que a veces trabajaba de mariachi en las ferias de los pueblos. Si alguien podía enseñarme rancheras era este *Niño de los Recados*. "El flamenco más mexicano de España", me jaleaba[294] Rebollo.

---

[293] *gachí*: en Andalucía, en lenguaje vulgar, 'mujer joven y atractiva'.
[294] *jalear*: animar con palmadas, ademanes y expresiones a los que bailan, cantan, etc.

La peña Torres Macarena quedaba cerca de un edificio tétrico y ruinoso que seguro había conocido tiempos mejores, y que todavía consentía épocas peores. Unas almenas carcomidas por la intemperie me hicieron ver que estaba ante la muralla medieval de la ciudad, que a lo lejos parecía la sombra de una dentadura postiza de segunda mano. Mismamente la que necesitaba *Niño de los Recados*, quien más de una vez me aseguró que en cuanto pegara un pelotazo[295] se haría los dientes de oro y pedrería. "Como los zeñoritos antiguoz", repetía.

Rebollo y *Niño de los Recados* vivían en una urbanización más conocida como Las Tres Mil, donde algunos compañeros del archivo juraban que ni la policía podía entrar. Y como para alguien nacido en Lima no es ninguna novedad que existan barriadas fuera de la ley, le dije a Rebollo que por mí no tenía que preocuparse ("Copón, pues yo he nacido en Jaén y yo sí que me cago de miedo"). Las Tres Mil tenía ese aire de Chicago pobre de Surquillo y La Victoria, aunque sin caer tan bajo como Tacora o Mendocita. Un barrio decente, vaya, de fontaneros[296] y catedráticos.

El piso de *Niño de los Recados* era minúsculo y sin embargo entendí que en alguna habitación

Fernando Iwasaki

[295] *pegar un pelotazo*: tener gran éxito (y, en consecuencia, ganar bastante dinero).
[296] *fontaneros*: gasfiteros.

dormían cerca de ocho personas ("Eso es una familia, copón"). A pesar de la oscuridad pude hacerme una idea de la mordiscona decoración del apartamento, pero lo más desasosegante era que las paredes humedían, los suelos cimbreaban y las tuberías no solo se veían, sino que además olían y se escuchaban ("Tú me das un destornillador y yo te desarmo entero el bloque"). *Niño de los Recados* corrió una cortina y encendió una bombilla que irradiaba una luz tuberculosa. Estábamos en su despacho-discoteca-estudio de grabación.

Solo en algún quiosco del Parque Universitario o en los baratillos de La Parada había visto algo parecido: miles de casetes formando torres o ciudades en miniatura dentro de un espacio más reducido que una cabina telefónica. Como *Niño de los Recados* no sabía leer, las distintas secciones musicales estaban señaladas con dibujos y fotografías que a su vez se repetían en las cintas. Así, los retratos del cantaor vestido de mariachi me indicaron cuál era la estantería de las rancheras, donde cada casete tenía dibujado un pequeño sombrerote mexicano.

—¿Por qué *Niño de los Recados*? —quise saber sin sospechar las consecuencias.

—Porque mi nombre ez Recaredo, y dezde niño ze metían conmigo con la guaza de los recadoz.

—Copón, si tienes nombre de motorista.

—Que no ez de motorizta[297], cojone[298], zino de rey o conzejal de los antiguoz.

—Copón, al menos estás mejor que el Rebollo, que tiene nombre de arbusto.

—Que el Rebollo es un fandango[299], leshe[300]. Que como eres de Jaén no sabes ná de flamenco.

—Pero soy periodista, copón. ¿Y tú sabes lo que es un cierre?

—¿El cierre del cante o el cierre del baile, mamón[301]?

A todo eso *Niño de los Recados* había puesto una cinta y las rancheras tronaron en Las Tres Mil cuando serían como las cinco de la mañana. Alguien aporreó el tabique desde la casa de al lado, pero *Niño de los Recados* me tranquilizó: "Que ze joda er Raimundo, que a mí también me tiene agobiao con la guitarra eléztrica de los cojone". Llegado el turno de "El tren de la ausencia", todo mundo guardó silencio para dejarme copiar la letra de esa ranchera que podía fulminar de amor a Itzel:

---

[297] *motorista*: chofer, conductor.

[298] *cojones*: testículos, usado como exclamación vulgar.

[299] *fandango*: Uno de los palos (ritmos) del flamenco. Jaleo, alboroto.

[300] *leshe*: leche. Una de las acepciones del lenguaje vulgar en España es 'cosa despreciable o fastidiosa'.

[301] *mamón*: en lenguaje vulgar, 'persona indeseable o malvada'.

Cuando lejos te encuentres de mí,
cuando quieras que esté yo contigo.
No hallarás más recuerdo de mí
ni tendrás más amores conmigo.

Fuimos nubes que el viento apartó,
fuimos piedras que siempre chocaron.
Gotas de agua que el sol resecó,
borracheras que no han terminado.

Yo te juro que no volveré
aunque me haga pedazos la vida.
Si una vez con locura te amé
ahora de mi alma estás ya despedida.

En el tren de la ausencia me voy,
mi boleto no tiene regreso.
Lo que quieras de mí te lo doy,
pero no te devuelvo tus besos.

No volveré,
te lo juro por Dios que me mira.
Te lo digo llorando de rabia,
no volveré.

No pararé,
hasta ver que tu llanto ha formado
un arroyo de olvido anhelado
donde yo tu recuerdo ahogaré.

Cuando acabó la ranchera permanecimos mudos de estupor, con la incredulidad de quien no sabe si los demás habrían oído mejor eso que a uno le había sonado de lo peor. ¿Por qué Itzel deseaba que le dedicara ese madrigal[302] peleón[303]? Si "El tren de la ausencia" era una canción de amor, sin duda era de amor ferroviario.

—Copón, yo que tú le canto "Y cómo es él[304]".

—Tú cantas esta ranchera en Mairena y te dan un premio de seguiriyas[305], ¿sabes lo que te digo?

De pronto *Niño de los Recados* tomó la palabra y se mandó un pregón acerca del amor y la mujer en México que me puso los pelos de punta, pues allá el amor verdadero tenía que estar "cuzcurrío[306] en zangre", las mujeres se enamoraban si veían a sus pretendientes "cuzcurríoz en zangre" y por eso las rancheras estaban siempre "cuzcurríaz en zangre". El caso es que de ahí salimos con la consigna de darle una serenata mariachi a Itzel para que me quisiera, pero sin tener que exagerar tanto. Y como ya no era muy tarde sino muy temprano, decidí quedarme a dormir en casa y no acudir al archivo.

---

[302] *madrigal*: composición breve que, con galanura, expresa una atracción amorosa (en ese caso, semeja un piropo poético), un afecto o pensamiento delicado.

[303] *peleón*: buscando pelea.

[304] Balada del cantautor español José Luis Perales, que muestra celos por ese "él" al que la mujer se va a entregar amorosamente.

[305] *seguiriyas* o *siguiriyas*: seguidillas del cante gitano o flamenco. Es un cante dramático, fuerte, sombrío y desolador. Uno de los palos del flamenco.

[306] *cuzcurrío*: bañado.

Aquel día lo dediqué a estudiar las cintas que me había prestado *Niño de los Recados*, con idea de florear un poco el repertorio antes de cantar "El tren de la ausencia". En realidad solo tuve que memorizar unas cuantas letras, ya que los acordes y las melodías de las rancheras me resultaron de lo más elementales. *Niño de los Recados* tenía razón: en México si una mujer no te hacía caso la matabas y punto, si te dejaba por otro la matabas y punto, y si palmaba de muerte natural te emborrachabas y punto. La cita era a medianoche en Plaza Nueva, y cuando llegué puntual me encontré con quince turistas japoneses y tres mariachis de Las Tres Mil.

—A que como mexicanos estamos más guapos, copón.

—A que tú no te esperabas un homenaje así, de categoría.

La verdad es que nadie había hecho tanto por mí en tan poco tiempo. *Niño de los Recados* consiguió los disfraces, Rebollo los instrumentos y Barberán una pistola de fogueo ("Copón, si tienes que estar cuzcurrío en sangre, ya me dirás"). Completaba el cuadro un enorme adolescente acromegálico[307] que Rebollo me presentó como *Yeti*[308] *de Cantillana*, cuya misión era hacer los "ayes" rancheros, ya que

---

[307] *acromegálico*: persona que padece una enfermedad que desarrolla enormemente las extremidades.
[308] *Yeti*: el "abominable hombres de las nieves", animal monstruoso no identificado que se supone habita en el Himalaya.

Rebollo seguía empeñado en que los mexicanos cantaban por seguiriyas.

—Este chaval[309] será un mostro[310] del cante. Barberán, tú tenías que hacerle una entrevista.

—Copón, si quieres le hago dos. Una como cantaor y otra como monstruo.

El piso de Itzel quedaba en el pasaje Rositas, un callejón recogido entre la plaza de Molviedro y la calle Zaragoza, y hasta allí caminamos arrastrando en romería[311] a una tropa de curiosos y a los quince turistas japoneses. Cuando *Niño de los Recados* arrancó a tocar su trompeta y Barberán disparó los primeros tiros, aquello se convirtió en una hirviente manifestación: niños en pijama, estudiantes insomnes, amas de casa enguatadas[312], borrachines de guardia y televidentes aburridos. Todo el mundo se asomó a la calle antes que Itzel. Y yo sabía que estaba en casa porque veía su resplandor.

De acuerdo con el guión, empezamos por "Clavelitos, clavelitos" y empalmamos con "Volver, volver", entre los "oles" entusiastas del respetable. Los vecinos aplaudían a rabiar y más de una señora enjugó sus lágrimas sobrecogida, pero Itzel no salía. Entonces *Niño de los Recados* me dijo que no había más remedio que "jazé una faena de

---

[309] *chaval*: en España, 'niño o joven'.

[310] *mostro*: monstruo, en la acepción de 'portento'.

[311] *romería*: peregrinación.

[312] *enguatadas*: vestidas con una bata de guata, acolchada. Típica ropa de estar en casa.

caztigo", y para mi alivio interpretó los primeros sones de "La chancla[313] que yo tiro no la vuelvo a levantar", justo cuando temía que sacara su navaja para dejarme "cuzcurrío en zangre". Y atraída por mi desprecio, Itzel se asomó al balcón.

La gente no cree en el amor hasta que no le ve en cuerpo presente, y así —tras la luminosa aparición de Itzel— la multitud prorrumpió en una sonora ovación en la que participaron hasta los municipales alertados por algún aguafiestas. Tal como estaba previsto, la recibí con "El Rey" y me adorné después con "Cucurrucucú, Paloma"; mas para recordarle que lo mío era puro y sublime sufrimiento enamorado, desgrané dramático una de las rancheras más escalofriantes del inmortal José Alfredo Jiménez: "Ella". Nunca sabré si fueron los sollozos inmoderados de las marujas[314] o los espeluznantes quejíos de *Yeti de Cantillana*, pero lo cierto es que Itzel palideció de angustia en cuanto canté la última estrofa:

Ella quiso quedarse
cuando vio mi tristeza,
pero ya estaba escrito
que aquella noche
perdiera su amor...

---

[313] *chancla o chancleta*: zapatilla sin talón o con el talón doblado hacia dentro.
[314] *marujas*: amas de casa.

Un éxtasis inefable se apoderó de mí apenas le oí decir con dulzura: "Espérame tantito[315] que orita bajo, mi rey", y a través del redoble de palmas por sevillanas me llegó la voz mineral de Rebollo: "Qué te apuestas que la gachí ya entregó la cuchara[316]". Era el momento que tanto había soñado: Itzel ante mí, a punto de ser atropellada por "El tren de la ausencia". Nada más pisar los adoquines de la calle Rositas, Barberán la recibió con una traca[317] de balazos ("Copón, por una mujer así yo acabo yonqui[318] aparcando coches en La Alameda").

Hasta entonces no me había concentrado en la calidad musical de las rancheras, pero estando mi felicidad en juego advertí compungido que Rebollo hacía unas falsetas demasiado flamencas y que los trágicos "ayes" del *Yeti de Cantillana* no parecían de uno que fuera a morir de amor, sino más bien de alguien que ya estaba muerto. Con todo, Itzel me sonreía dichosa y creo que llegué a desear que *Niño de los Recados* me asestara un navajazo, para que mi amada me viera "cuzcurrío en zangre" y nunca más me dejara de amar. En esas magias estaba cuando me besó.

Fernando Iwasaki

---

[315] *tantito*: en México, 'un instante'.

[316] Ya se rindió.

[317] *traca*: artificio de petardos de fuegos artificiales que se atan a una cuerda y que estallan sucesivamente.

[318] *yonqui*: drogadicto de heroína.

Itzel coruscaba[319] de placer y de golpe solo atinó a balbucear algunas excusas ("Me puede la pena, mi rey, porque no tengo un taquito[320] que convidarle a tus músicos"), y como yo era el mudo más feliz del sur de Europa *Niño de los Recados* me echó un capote finísimo ("Qué zeñorita máz guapa, me cago en zus muertoz"). Itzel me confesó emocionada que nunca le habían dado una serenata ("No sabes la lana[321] que hay que tener para contratar un mariachi, mi rey") y yo me alegré de haber sido por primera vez el primero ("¿Cuál ez er cashé[322] de un mariachi, zeñorita?"). Rebollo había dado en el clavo, Itzel me estaba entregando la cuchara de su corazón ("A poco te mato del puro coraje que me dio verte platicando con esas pinches nacas[323]") y yo era incapaz de creer que hubiera algo más valioso en el mundo que su coraje asesino ("¿Y cuántoz pezos caben en una pezeta[324], zeñorita?").

Siguiendo el protocolo mariachi nos despedimos temprano de mi diosa maya, y con la promesa de derretirnos sobre una tostada del bar Vicente nos fuimos del concurrido callejón entre aclamaciones

---

[319] *coruscar*: brillar.
[320] *taquito*: diminutivo de *taco*, comida típica mexicana.
[321] *lana*: dinero.
[322] *caché*: cachet, remuneración que cobra un artista.
[323] *nacas*: pequeñas, en el sentido de que son de ínfima categoría.
[324] El "peso" es una moneda mexicana y la "peseta" una moneda española.

y los acordes de "La Cucaracha". ¡Itzel me quería! No me lo había dicho, mas lo presentía. De haber sido guapo, requebrador y millonario el margen de error habría sido mayor; pero cuando uno es feo, patoso[325] y pobretón[326] nunca se equivoca, porque los presentimientos son esos sentimientos que nunca salen de nuestro tintero.

—Hay que ver las jechuras de la gachí de los cojones.

—Copón, ¿no la has oído hablar? Morrearse[327] con una mexicana tiene que ser como besar a "Cantinflas[328]".

—Qué cateto[329] eres. Cómo se ve que no conoces a la Daniela Romo[330] de los cojones.

Rebollo y Barberán querían celebrar mi éxito en La Carbonería, y así nos despedimos de *Niño de los Recados* y *Yeti de Cantillana*, quienes esa misma madrugada tenían que ir de palmeros[331] al

---

[325] *patoso*: inhábil o desmañado.

[326] El Marqués de Bradomín, protagonista de las *Sonatas* de Valle-Inclán (ver la nota 88, p. 93), se considera un Don Juan muy singular: "feo, católico y sentimental". Rasgos que repite el protagonista de *Libro de mal amor* (aunque, como vimos en el episodio de Rebeca, un tiempo quiso ser judío); pero Iwasaki acuña el trío de características "feo, patoso y pobretón" (Bradomín solo comparte la primera de ellas) para tornar más claramente burlesco su "ridículum vítae".

[327] *morrearse*: besarse en la boca

[328] Mario Moreno "Cantinflas" (1911-1993), cómico mexicano.

[329] *cateto*: lugareño, palurdo.

[330] La cantante popular mexicana Daniela Romo.

[331] *palmeros*: personas que acompañan con palmas los cantes y bailes flamencos.

picadero[332] de un aristócrata ("Ar duque le guzta empezá el porvo por zoleá[333] y rematarlo por buleríaz[334]. Como los zeñoritos antiguoz"). Con *Niño de los Recados* me fundí en un abrazo y *Yeti de Cantillana* me fundió[335] de un abrazo. La gratitud era mutua porque gracias al charro flamenco había conquistado a Itzel, y gracias a Itzel había subido la cotización de las serenatas mariachis en Andalucía. Seguro que después de la Expo del 92 *Niño de los Recados* tendría un dentadura de oro y alicatada[336] de joyas.

En La Carbonería causamos sensación, trajeados como estábamos de mexicanos y siempre cantando cumbias, huarachas, corridos, valsarios y por supuesto rancheras. En el vértigo latino de la fiesta Barberán descubrió el irrevocable *sex-appeal* que relumbra en las pistolas, y Rebollo cautivó a un grupo de gringas mochileras con su nueva aureola de bronco semental del Río Grande. Yo quería compartir con mis amigos la felicidad infinita que ellos me habían concedido, y no lo dudé ni un instante cuando Rebollo vino en busca del botiquín

---

[332] *picadero*: vivienda que se destina a relaciones sexuales ocasionales.

[333] *zoleá*: soleá (copla flamenca).

[334] *buleríaz*: bulerías (cante popular andaluz de ritmo vivo que se acompaña por palmas).

[335] Dos sentidos de *fundir*: unirse (con el Niño de los Recados) y verse triturado o aplastado (por el Yeti de Cantillana).

[336] *alicatar*: colocar azulejos, cortándolos para darle la forma conveniente.

de primeros auxilios lingüísticos, bien enroscado a la cintura de una americana muy importante.

—Tú que hablas inglés, leshe. Tradúceme, haz favor.

—Faltaba más, Rebollo.

—Dile... Dile que le voy a dar gloria bendita[337].

—Caramba, no sé si me va a entender.

—Entonces dile que la voy a poner mirando a Gelves.

—Hombre, eso tampoco.

—Tú dile que la voy a hacer rebuzná[338], cojones.

Y como al día siguiente había quedado con Itzel en el archivo, me fui de La Carbonería en cuanto Rebollo y Barberán quedaron colocados, previo ablandamiento musical. Camino a casa recordé la tarde remota en que fui al cine con Carmen, y me alegré de haber torcido al fin mi mala suerte. Hay hombres capaces de seducir a trece mujeres en un solo año y hombres incapaces de seducir a una sola mujer en trece años[339]. Sin embargo, gracias a mis amigos había colmado mis sueños, aunque seguía todavía en mis trece[340].

Así comenzaron las semanas más felices de mi vida, pues compartí con Itzel la mesa del ar-

---

[337] Le va a hacer sentir la gloria sexualmente.

[338] *rebuzná*: rebuznar (de gozo sexual). Estereotipo fálico del burro.

[339] En efecto, han transcurrido trece años desde 1971 (episodio primero) hasta 1984 (este episodio, el último de la novela). Connota: trece años de mala suerte en el amor.

[340] *estar en mis trece*: persistir en una cosa, pase lo que pase.

chivo, caminamos de la mano a través de los perfumados laberintos de Sevilla y nos perdimos delirantes por el índice onomástico de nuestros autores favoritos. Era increíble. Estábamos siempre de acuerdo en todo, bromeábamos sobre la vida que viviríamos en Lima o el D. F.[341] y hasta nos propusimos aplicar juntos a una beca Fulbright para irnos a California de doctorado de miel[342]. Si la hubiera besado, habría sido la leche[343].

Itzel me quería, pero necesitaba tiempo ("Copón, ¿todavía no le has metido mano[344]?"). Al fin y al cabo, ambos éramos becarios y nuestra separación era inminente porque Itzel me confesó que su investigación estaba a punto de concluir ("¡Las mexicanas son las más farsas de España!"). Yo le seguía cantando canciones de amor urgente y rancheras de odio certificado, pero ni aun así recibí su correspondencia ("Todavía nos queda cuzcurrirte en sangre, copón"). Definitivamente, algo le impedía entregarme del todo la cuchara.

—Verás cómo va a ser de la hermandá de la Virgen de Guadalupe.

—Copón, me cago en las tetas de la Virgen.

---

341 México Distrito Federal (México D. F.).

342 Une "luna de miel" con "doctorado".

343 *la leche*: la suerte. En el Perú, un "lechero" es un "suertudo" (con buena suerte).

344 *meter mano*: acariciar sexualmente.

—¿Y eso por qué, cojones?

—Para que el Niño mame mierda, copón.

Una tarde en que andurreábamos bajo los nevados naranjos de azahar[345], Itzel me reveló muy seria que en México tenía novio formal, que ya le había hablado de lo nuestro y que su prometido no se lo había tomado precisamente muy bien. Horrorizado escuché que el novio era matemático puro, que me doblaba la edad y que ya había reservado vuelo para aterrizar en Sevilla mismamente el Domingo de Ramos ("Pos dentro de una semana, mi rey"). ¿Por qué no me lo había dicho desde el principio? ¿Por qué se lo había dicho justo al final? Lo peor no era que existiera. Ni siquiera que viniera. Lo peor era lo de las matemáticas.

—¿Qué le has contado de lo nuestro?

—Todo, mi rey.

—¡Pero si no ha pasado nada!

—A poco no te estás metiendo en mi vida, pendejo.

—Ya, pero no me estoy metiendo en tu cama.

—Pos a ver si a ti te cree, mi rey.

Un novio engañado siempre es peligroso y un novio mexicano engañado puede ser hasta mortal. Sin embargo, un novio mexicano engañado y matemático tenía que ser siniestro a la fuerza, pues desde aquel instante lo imaginé calculando una

Fernando Iwasaki

---

[345] Andaban bajo los naranjos en flor, durante la primavera.

operación radical, elevando su rabia a la enésima potencia y trazando una "X" sobre mi nombre. En algún lugar de México alguien había decidido que mi vida era una ecuación: igual a cero. Y pensar que Licy creía que jamás entendería de álgebras.

La nueva de la inmediata llegada del novio de Itzel corrió a la velocidad de las malas noticias por el Archivo de Indias, donde todo el mundo estaba persuadido de que venía en busca de venganza. Los investigadores me dirigían miradas furtivas, los bedeles meneaban afligidos la cabeza y las archiveras cuchicheaban a mis espaldas. Y uno que albergaba la esperanza de que algún compañero sacara de su error al celoso aritmético. Una cosa es llevar tus cuernos dignamente y otra muy distinta que te los adornen como un patio sevillano. Abandonado por la historia en el archivo, corrí en busca de literatura a La Carbonería.

—Copón, yo te puedo esconder en Jaén. Te va a matar igual, pero le va a costar más.

—Yo que tú me vestía de nazareno y salía en toas las hermandades, ¿sabes lo que te digo?

Algo caliente se cocía en Sevilla, porque la ciudad entera olía a incienso y veía cirios en cada esquina. La ebullición era inusual y las calles comenzaron a poblarse de vallas, como si estuviera de Dios cerrarme así toda escapatoria posible. Itzel se había refugiado en un salón de belleza para recibir irresistible al numérico de su novio, y a mí me vino a la memoria el ardor generoso de Hefestos, siempre vulnerable al ceñidor y los ardides de Afrodita, incluso después de haberla sorprendido *in follandi* con Ares[346]. Como Afrodita, seguro que Itzel también aplacaría con inefables primores la cólera logarítmica de su volcánico mariachi, pero los retorcidos hados[347] no habían reservado para mí la gloria de un mito griego, sino el oprobio de una ranchera mexicana:

Sonaron cuatro balazos
a las dos de la mañana.
Lo fui a matar en tus brazos,
sabía que allí lo encontraba.

Durante aquel fin de semana que intuí como el último, me dediqué a escribir cartas llenas de ternura a mis padres, a mis hermanos y a mi tía Nati, quien nunca sospecharía que la verdadera película de miedo no era *El Exorcista,* sino cualquiera de Jorge Negrete[348]. Después de tantos años, finalmente comprendí por qué las mujeres jamás me habían hecho caso: porque siempre quise ser lo que no

---

[346] En la mitología, Hefestos (Vulcano), dios feo y cojo, sorprendió a su esposa Afrodita (Venus), la diosa del amor y la belleza, teniendo relaciones sexuales (en España, *follando*) con Ares (Marte), el dios de la guerra, de belleza musculosa y viril.

[347] Deidades que rigen el Destino.

[348] Jorge Negrete (1911-1953), cantante de rancheras y protagonista del cine mexicano con mariachis.

era o lo que nunca sería. A saber, valiente, deportista, revolucionario, coreógrafo, devoto, patinista, *Prom's partenaire*, sefardita, oligarca y mexicano. ¿Me habrían amado las mujeres que tanto amé si les hubiera confesado cómo era en realidad? Ya no tendría tiempo de averiguarlo, pues el mismo día que entró en Jerusalén el Salvador[349], llegó a Sevilla mi matador.

Por un prurito de amor propio decidí que era mejor no morir en el Archivo de Indias, porque prefería el amable anonimato de una noticia de sucesos, antes que la chirriante publicidad de una lápida conmemorativa. Tampoco deseaba que el crimen fuera en casa, más que nada para evitar un conflicto internacional entre México, Perú, España, Líbano y Estados Unidos. Y así me planté en La Carbonería, donde al menos me sentía arropado por amigos verdaderos.

—¿Qué haces aquí, copón? Yo no te conozco.

—Haz favor, no vaya a ser que venga el gachó[350] con er trabuco[351] y nos mate a los tres malamente.

La Carbonería era una isla de incredulidad en medio del estridente océano cofrade, ya que las procesiones del Martes Santo anegaban los Jardines de Murillo, la calle de Mateos Gago y

---

[349] El Domingo de Ramos, comienzo de la Semana Santa, cuya celebración más famosa en España se hace en Sevilla.

[350] *gachó*: en replana, tipo o individuo.

[351] *trabuco*: arma de fuego más corta que la escopeta.

el barrio de Santa Cruz. Si el novio de Itzel quería dar conmigo, primero tendría que atravesar la fervorosa multitud hasta allí. De hecho, en el archivo ya le habían indicado que uno malvivía engatusando mujeres en La Carbonería, en combinación con un mariachi de Jaén y otro de Las Tres Mil.

Rebollo y Barberán exprimían en Semana Santa todos los zumos galantes de la primavera, porque Sevilla se poblaba de turistas que a los dos días encallaban en La Carbonería, creyendo decepcionados que todas las procesiones eran la misma. Ellos encarnaban el lado profano de esa fiesta barroca que a mí tampoco me decía gran cosa, ya que a uno le bastaba con su propio Vía Crucis[352].

—Si te matan tengo un titular de la hostia: "Peruano de origen japonés asesinado en Sevilla por un mexicano". Con eso gano un premio, copón.

—Tú me das una foto der gachó y *Yeti de Cantillana* se lo carga en una bulla[353].

A mí me habría gustado ser como Rebollo y Barberán, encantados de haberse conocido y ligando más que un profesor de la Trena en un curso de verano. Pero en Lima era imposible enamorar presumiendo de provincias o flamenquerías, porque allá una bella mentira siempre era

Fernando Iwasaki

---

[352] Sus sufrimientos los califica como un Vía Crucis (el camino sufriente de la Pasión de Cristo en la Cruz).
[353] *bulla*: concurrencia multitudinaria.

más seductora que una verdad del montón. Y en México tenía que ocurrir algo parecido, pues a mí me iban a matar de verdad por un amor de mentira.

—Rafa, copón. Sírvele un cubata[354] a mi amigo, que la va a palmar esta noche.

—Y a mí ponme un tinto de verano, que aquí jace más caló que quemando cartones.

El tal Rafa quiso saber si yo también era poeta, si había leído a Vallejo[355] y qué hacía con ese par de calaveras[356]. Amarrido[357] hasta las lágrimas leyó un par de poemas y me aseguró que la perentoria amenaza de la muerte era muy buena para su poesía. "Yo también puedo morir en cualquier momento —prosiguió— porque todas mis amantes son esposas de militares". Lo que son las coincidencias: yo no quería entrar en asuntos de sangrante actualidad y la pinche actualidad entró sangrante. "¿Quién es el desgraciado cabrón, peruano ese, que me quiso chingar a mi vieja?", tronó una voz galvanizada por el tequila.

Debo admitir, por amor a Itzel, que su novio resultó más físico que matemático. Rebollo, Barberán y el poeta de los cubatas tristes quedaron los tres

---

[354] *cubata*: cubalibre (nombre de un trago que casi siempre es Coca-Cola con ron).
[355] Ver la nota 28, p. 46.
[356] *calaveras*: personas de costumbres disipadas.
[357] *Amarrido*: afligido, melancólico, triste.

paralizados de terror ante la corpulencia de mi verdugo. Y como tampoco era cuestión de acabar toditos "cuzcurríoz en zangre", le dije "Que, que, que era yo".

—Órale, puto. Si tienes huevos, nos la rifamos[358] en la calle.

—Un respeto a La Candelaria, cojones. Haz favor.

—Rafa, copón. Le hubieras dicho que eras tú y trincabas[359] el Adonais[360].

Como Levíes era un callejón más bien sucio donde meaban los gatos y los borrachos, caminé hacia la Plaza de las Mercedarias con la impaciente serenidad de los mártires, convencido de que Camille seguiría rezando por mí en algún convento de clausura. Bajo la exangüe luz de las farolas me conmovió la desolación de los naranjos y deploré que el ayuntamiento se prodigara en abrevar los adoquines.

—¿Adónde vas, pinche cabrón? Orita vas a saber con quién te estás metiendo.

Cuando uno está a punto de morir repara en los detalles más insignificantes. En la bolsa de basura que dejamos en casa, en el aroma de una fruta perfumada de infancia o en las obscenas palabras

---

[358] *rifar*: pelear, reñir. También sugiere que se juegan el amor de Itzel.
[359] *trincar*: agarrar. Otra acepción: beber licor. Aquí implicaría beber el mal trago de la pelea.
[360] *Adonais*: calificativo aplicado a Dios en la Biblia.

que algunos gamberros[361] emborronaron sobre la tapia que había elegido para desmoronarme. Pensé en los libros que ya nunca escribiría y recordé "El milagro secreto", donde un judío pide a Dios un año de gracia antes de morir. Y mientras la bala queda suspensa en la niebla Jaromir Hladík termina su drama y muere al encontrar el último epíteto[362]. ¿Sería una vieja sinagoga la casa vacía que se podría en la esquina? ¿Cómo se decía "campamento" en hebreo? Ay, Becky, Becky, no podía acordarme.

—¿Qué no te ves? Solo eres un pinche naco muerto de hambre, güey. Ora vas a ver lo que es amar a Dios.

Entonces mi matador deslizó la mano de resolver teoremas bajo la chaqueta, y con dificultad hurgó entre el sobaco y su corazón, como buscando algo que imaginé muy bien guardado en una fina cartuchera de cueros italianos, italianos como los carísimos zapatos de Ninotchka. Un dorado resplandor metálico reverberó en la plaza, y en aquel instante quise recordar si *El hombre del revólver de oro* era con Sean Connery o con Roger Moore[363]. Me molestaba no despejar esa minucia antes de morir, mas ya era demasiado tarde porque

---

[361] *gamberros*: disolutos. Que cometen actos groseros.
[362] Cuento de Borges (ver la nota 112, p. 105).
[363] Los actores Sean Connery y Roger Moore han actuado como el súper agente 007 en el cine.

me estaba apuntando. ¿Cogería así la tiza cuando dictaba sus clases?

—Con esto que ves aquí, te voy a partir toda tu madre, güey. Le quedas chico a mi vieja. ¿A poco creías que yo iba a terminar como "El preso número nueve[364]"? Ni modo, cabrón. Esto te va a doler porque nomás hace hoyo pa' entrar, y ahí se atora.

Y después de enseñarme su *Golden American Express* del Chase Manhattan Bank de Lomas de Chapultepec, se la volvió a meter al bolsillo y se llevó a Itzel para siempre en "El tren de la ausencia".

Todo había sido tan precipitado y rocambolesco[365], que al quedarme solo la cabeza comenzó a darme vueltas, un enjambre de moscas revoló intestinal hacia mi boca y mis piernas cedieron aliviadas por el peso aplastante que habían desahogado. Era la ley de la gravedad: cuando uno se pone grave los cuerpos caen. Por desgracia, eso también era matemático. En el delirio me dediqué un homenaje de categoría y cantiñeé una seguiriya mexicana:

Se me embaló la pistola,
te salvaste de la muerte.

---

[364] La canción popular "El preso número nueve". Le pregunta si cree que es tan tonto como para terminar preso por haberlo asesinado. Lo vencerá mostrando su poder económico.

[365] *rocambolesco*: lleno de peripecias extraordinarias. El adjetivo procede de *Rocambole*, protagonista de las"hazañas" de las novelas de aventuras folletinescas del escritor francés Ponson du Terrail (1829-1871).

Todavía no te tocaba
o fue tu noche de suerte.

"¿Estás bien? ¿Qué te ha pasado? ¿Te han dado un tirón[366]?". A través de las pestañas enfoscadas[367] de albero[368] entreví a una chica que me interrogaba guapísima. Y como no quería ser abandonado de nuevo me apresuré a contarle todo lo que me había ocurrido: Itzel, su novio geométrico, los mariachis flamencos, *El Exorcista*, la Trena, mi tía Nati, la condesa Potocka... En fin.

Cuando la vi correr despavorida, me dije que para una vez en la vida que me había atrevido a decir la verdad, no me podía dejar tirado así la gachí de los copones. Y hasta La Carbonería la seguí, dispuesto a enamorarme otra vez.

"La Vereda", verano de 2000

---

[366] *tirón*: acción de tirar violentamente. Procedimiento de robo en que se tira con violencia y se sale huyendo.
[367] *enfoscadas*: cubiertas.
[368] *albero*: tierra blanquecina.

Epílogo

A diferencia de la política o los negocios, que abruman de votos o ganancias a sus más destacados exponentes, el amor no consiente el éxito con la misma unanimidad. Cuando un político cree haber llegado a la cima sus votantes le aplauden y cuando un empresario considera que ha triunfado sus clientes le respaldan, pero en el amor no hay ni clientes ni votantes. Por eso cuando un individuo presume de grandes éxitos como amante, se arriesga a que alguien le aclare que ni gran éxito ni gran amante. El fracaso, en cambio, no admite dudas.

En *Libro de mal amor* he querido reunir diez de mis fracasos amorosos más espectaculares. Uno ha tenido muchos más, pero no hay que presumir. Sin embargo, a falta de éxito amoroso bueno es el fracaso humoroso, pues el mal amor es garantía de buen humor. El mal amor no es el amor truncado por la desdicha, el infortunio o la tragedia, ya que entonces hablaríamos del mal humor. No. El buen humor de mi novela no viene del amor no correspondido sino de los amores no correspondientes.

Y ya que las obras solemnes y graves son las que se prestan mejor para desentrañar palimpsestos, fonocentrismos, prolepsis y cualquiera de las suertes más semióticas de la crítica deconstructiva[369], uno quiere advertir a los amables filólogos[370] de guardia que no intenten hallar en mi novela nada semejante, ya que desde que tuve mi primera experiencia textual estoy a favor del texto libre, de las relaciones textuales sin compromiso, del texto por el texto y de la literatura homotextual, bitextual o heterotextual[371]. Y es que un servidor no cree en la escritura como texto de representación, sino como texto de presentación.

---

[369] La Semiótica es la ciencia que estudia todos los medios de comunicación y procesos de significación. Sus diversos representantes hablan con términos de análisis como palimpsestos (diversas fases textuales dentro de un texto), fonocentrismo (el predominio de lo fonológico) y prolepsis (recurso que anticipa la acción narrativa). La Deconstrucción es una escuela dentro de la crítica autodenominada posestructuralista y posmoderna; desmonta las categorías culturales presentes en un texto.
[370] *filólogos*: ver la nota 258, p. 180.
[371] Aplica al texto expresiones que se usan en el terreno sexual, invitando a vincular la lectura literaria con el placer (y no con el análisis pretenciosamente científico o académico).

Sabe Dios que aquesta dueña e quantas yo vi,
siempre quise guardarlas e siempre las serví;
si servir non las pude, nunca las deserví:
de dueña mesurada siempre bien escreví.

<small>LIBRO DE BUEN AMOR, 107</small>

Estudio de *Libro de mal amor*

Por Ricardo González Vigil

[El autor y su obra]

1. Invitación a la lectura

Fernando Iwasaki es uno de los narradores peruanos con mayor reconocimiento internacional en los últimos veinte años. En el Perú, en España y en los diversos países de habla española, numerosos críticos han elogiado sus méritos literarios. El gran escritor peruano Mario Vargas Llosa ha estimado que "explora la historia con ojos de artista y creador de ficciones", poniendo en relieve un rasgo detectable en todos los libros de Iwasaki: "una vena risueña y bonachona, con una actitud tolerante y comprensiva para la ceguera y los excesos a que suelen ser propensos los seres humanos". Por su parte, el extraordinario escritor cubano Guillermo Cabrera Infante ha destacado la destreza verbal de Iwasaki comentando que su volumen de cuentos *Un milagro informal* es "un milagro formal"; apreciación a conjugar con la expuesta por dos españoles que sobresalen en la literatura actual: "Fernando Iwasaki escribe como si estuviera celebrando espontáneamente un milagro" (Juan Manuel de Prada) y "La prosa de Iwasaki es un ejemplo de lo que debe ser la prosa castellana de fines del siglo XX" (Luis Alberto de Cuenca).

Intentando sintetizar los rasgos principales del estilo de Iwasaki, Francisca Noguerol Jiménez (Universidad de Salamanca) consigna:
- fino sentido del humor;
- imaginación desbordante;
- vitalismo y sensualidad;
- ingenio para develar los aspectos más insospechados de la realidad;
- "amplísima erudición que origina continuos juegos intertextuales en sus páginas", siendo sus referentes tanto cultos (mitologías, tradiciones literarias y artísticas, sucesos históricos) como populares (medios masivos de comunicación, cine, televisión, canciones y bailes, creencias y leyendas urbanas, etc.); y
- uso de coloquialismos y regionalismos (del Perú, España, etc.).

De otro lado, enfatizando el magisterio de Borges, Nietzsche (la historia regida por el "eterno retorno", la oposición entre lo apolíneo-racional y lo dionisíaco-irracional) y Mircea Eliade (características del pensamiento mítico), José Luis de la Fuente conceptúa que la óptica heterodoxa e irreverente de Iwasaki es una de las manifestaciones más claras de la posmodernidad en la nueva narrativa (*La nueva literatura latinoamericana: Entre la realidad y las formas de la apariencia*, Universidad de Valladolid, 2005).

Súmese a ello la importancia que Adelaide de Chatellus (en las *Actas del Coloquio Internacional*

"*Fronteras de la Literatura y de la Crítica*"; Poitiers, 2004) otorga a cómo los libros de Iwasaki brindan una "escritura caracterizada por la abolición de fronteras genéricas y por el mestizaje de categorías": mezcla realidad histórica o memoria autobiográfica con ficción y ensayo; en el caso de *Libro de mal amor* el género novelístico se fusiona con el cuentístico, porque los capítulos se pueden leer como cuentos independientes. Según Chatellus, esa actitud libérrima frente a las fronteras de los géneros literarios, se nutre de una "mezcla de culturas": ancestros japoneses e italianos, carácter multicultural de la identidad peruana (raíces indígenas, cultura "occidental" con impronta hispánica, aportes africanos y asiáticos) y también de la España en que reside (esa España cruce de culturas celta, cartaginense, romana, musulmana, etc.), tierra en que han nacido su esposa y dos de sus hijos; y para Iwasaki (que goza de doble nacionalidad: peruana y española) la patria no es solo la tierra de los padres, sino también la de los hijos.

Todas esas características encuentran una feliz realización en *Libro de mal amor*, una novela ya traducida a diversos idiomas, pero hasta ahora no editada en el Perú. Vacío que ahora reparamos, acompañándola de este estudio y de un cuerpo de notas dirigidas a esclarecer buena parte de sus referencias intertextuales, juegos de palabras, coloquialismos y regionalismos. Dejemos constancia de que, en la confección de esas notas, nos hemos servido de: *Diccionario de la Lengua Española* de la Real Academia Española; *Diccionario del español actual* de Manuel Seco, Olimpia Andrés y Gabino Ramos (Madrid, Aguilar, 1999); *Enciclopedia ilustrada del Perú* de Alberto Tauro del Pino (Lima, PEISA, 2001) y *Enciclopedia Universal Ilustrada Europeo-Americana* de la editorial madrileña Espasa-Calpe (70 tomos, más 11 de apéndices y 40 de suplementos).

2. Trayectoria vital y literaria

2.1. En el Perú

Fernando Iwasaki Cauti nació en Lima, el 5 de junio de 1961. Hijo de Gonzalo Iwasaki Sánchez (coronel del ejército peruano) y Lila Rosa Cauti Franco; viene a ser el segundo de siete hermanos. Por el lado paterno, su abuelo emigró del Japón en los años 20 del siglo pasado; y, por el lado materno, fue su bisabuelo el que llegó de Italia, ostentando un apellido que significa 'cautelosos', conforme explica en el capítulo octavo ("Rebeca") de *Libro de mal amor* (invitando irónicamente a contrastarlo con la realidad del personaje: incauto ante las embestidas de la pasión amorosa, dispuesto a perder toda cautela si sus amadas lo requieren). Dada la mención en diversos capítulos (sobre todo, en el primero, "Carmen") de la "tía Nati", madrina del protagonista de *Libro de mal amor*, puntualicemos que, efectivamente, se basa en la madrina de bautizo de Fernando Iwasaki: Natividad Jaén de Rosas, cariñosamente denominada *tía Nati*.

Estudió en el colegio Marcelino Champagnat, plantel de hermanos maristas, en su mayoría españoles, a los cuales recuerda con afecto en *El descubrimiento de España*. Siguió la especialidad de Historia (1978-1983) en la Pontificia Universidad Católica del Perú (Lima), donde obtuvo el grado de bachiller con la tesis *Simbolismos religiosos en la metalurgia prehispánica* (1983), desempeñándose luego como profesor de Historia del Perú en dicha universidad (1983-1984).

En 1985 gozó de una beca del gobierno español para investigar en el Archivo General de Indias (Sevilla), desempeñándose como docente en la Universidad de Sevilla.

Es en Sevilla, en 1985, que se enamoró de la española María de los Ángeles Cordero Moguel; es decir, la Marle a la que dedica varios de sus libros, entre ellos *Libro de mal amor*. Con ella se casó en 1986, en Lima, cuando retornó al Perú, concluida la beca mencionada. Han tenido tres hijos: María Fernanda (nacida en Lima, 1988), Paula (Sevilla, 1990) y Andrés (Sevilla, 1995).

Retomó la docencia de Historia en la Universidad Católica (1986-1989), sumándole clases en la Universidad del Pacífico (1987-1989). Cursó el magíster en Historia en la Universidad Católica (1987-1988), graduándose con la tesis *Extremo Oriente y el Perú en el siglo XVI* (1992). Sus conocimientos sobre la trayectoria histórica del Perú, así como su visión crítica de las teorizaciones sobre la "nacionalidad peruana" esgrimidas por hispanistas e indigenistas, especialmente incisivo para detectar sus consecuencias corrosivas (más alarmantes en el caso del pensamiento izquierdista, dada la convulsión que vivía el Perú en los años 80 por las acciones de Sendero Luminoso y el Movimiento Revolucionario Túpac Amaru, frente a lo cual el gobierno aprista de Alan García se debatía entre la irresponsabilidad del manejo económico y la demagogia "nacionalista" y "antiimperialista"), encontraron tribuna en sus artículos publicados en revistas especializadas y en los libros de ensayo: *Nación peruana: Entelequia o Utopía* (Lima, Centro Regional de Estudios Económicos, 1988) y *El comercio ambulatorio en Lima*, del que fue coautor (Lima, Instituto Libertad y Democracia, 1989). Obtuvo el Premio de Ensayo Alberto Ulloa (1987). Su posición ideológica lo situó dentro del neoliberalismo de Mario Vargas Llosa, quien encabezó el Movimiento Libertad contra la estatización de la banca emprendida por el gobierno de Alan García y quien, a continuación, fue el candidato del Fredemo en las elecciones presidenciales de 1990.

Análisis de la obra

No obstante la importancia de las labores señaladas, la vocación principal de Iwasaki ha sido, desde un comienzo, la de creador literario.

Soy testigo de excepción, porque lo tuve como alumno en un curso de narrativa hispanoamericana en 1982; igualmente, fui jurado de las bienales de cuento de 1983 (donde quedó finalista) y, en 1985, (donde recibió el tercer premio) del Premio Copé que organiza Petróleos del Perú (PetroPerú), el concurso literario más importante del Perú. En esos años Iwasaki, además, fue galardonado en "El Cuento de las 1 000 palabras" (revista *Caretas*) de 1985 y 1986; y en el premio "José María Arguedas" de 1986, certamen convocado por la Asociación Peruano-japonesa del Perú. No se dejó esperar su primer volumen de cuentos (anterior a sus libros de ensayo, repárese): *Tres noches de corbata y otras noches* (Lima, Ave, 1987), donde hay una continua conexión entre sus investigaciones como historiador y los argumentos de su narración (con epígrafes y citas de documentos, reelaboración de mitos y del imaginario colectivo de una época, etc.), conforme señalé en la nota que le dediqué en mi antología *El cuento peruano 1980-1989* (1987).

Recuerdo cómo en esos años Iwasaki me hablaba con entusiasmo de autores y obras literarias, en particular de los cuentos de Jorge Luis Borges, Julio Cortázar y Julio Ramón Ribeyro, y de las novelas de Mario Vargas Llosa y Gabriel García Márquez. En una ocasión me confió que cuatro referencias mayores orientaban su sensibilidad y su óptica intelectual: el creador literario argentino Borges, el historiador peruano Jorge Basadre (el más grande dedicado al estudio del Perú de los siglos XIX-XX), el historiador de las religiones rumano Mircea Eliade (gran intérprete del pensamiento mítico) y el conjunto británico de música The Beatles. Es decir, ficción literaria, imaginación mítica y realidad histórica. Además, apertura a lo culto y lo popular, ligado al conocimiento refinado de los clásicos (al modo borgiano), la erudición histórica al servicio de grandes síntesis interpretativas (Basadre y Eliade) y la sintonía vitalista (sensual, sanguínea) con los gustos de su tiempo (Beatles).

2.2. En España

En 1989 Iwasaki tomó la decisión de afincarse en Sevilla. Siguió el doctorado en Historia de América en la Universidad de Sevilla (1989-1991), escogiendo como tema de su tesis doctoral *Lo maravilloso y lo imaginario en la Lima colonial*. Volvió a desempeñarse como docente en la Universidad de Sevilla (1991-1992). Ha sido director del área de cultura de la Fundación San Telmo de Sevilla. Tiene a su cargo la dirección de la revista literaria *Renacimiento* (desde 1996) y la conducción de la Fundación Cristina Heeren de Arte Flamenco. Ha sido colaborador de

Diario de Sevilla, *La Razón*, *El País* y *Diario 16*; actualmente es columnista del diario madrileño *ABC*.

Entre otras distinciones, ha recibido el "Premio Fundación de Fútbol Profesional" (Madrid, 1994) por su compilación de crónicas futbolísticas *El sentimiento trágico de la Liga* (Sevilla, Renacimiento, 1995); el Conference on Latin American History Grant Award (Nueva York, 1996); y, por fin (a la tercera va la vencida: había sido finalista y tercer premio), el Primer Premio de la Bienal de Cuento de 1988 del Premio Copé (Lima), gracias a uno de los mejores cuentos peruanos de la década de los 90: "El derby de los penúltimos" (lo he antologado en *El cuento peruano 1990-2000*; 2001).

Ha publicado un incisivo análisis de la campaña y la derrota electoral de Vargas LLosa: *Mario Vargas Llosa, entre la libertad y el infierno* (prólogo de Jorge Edwards; Barcelona, Estelar, 1992); y, como ya indicamos, su tesis *Extremo Oriente y Perú en el siglo XVI* (Madrid, Mapfre, 1992). Fue, además, editor de *Jornadas contadas a Montilla* (Córdoba, 1996), esa Montilla del Inca Garcilaso.

Dentro de una escritura realzada por la creatividad literaria, con una prosa ya madura artísticamente (haciendo realidad el potencial expresivo que prometían sus libros de los años 80), tenemos el libro de crónicas futbolísticas arriba citado; el extraordinario volumen *El descubrimiento de España* (Oviedo, Nobel, 1996), cuya originalidad intergenérica es ensalzada, en la contracarátula, por Guillermo Cabrera Infante, quien sostiene que no es esto ni lo otro, porque es todo ello sin límites ni restricciones bajo la finalidad mayor de la maestría literaria: "Hay que empezar por decir lo que este libro no es. No es una novela. No es un estudio literario. Ni memorias. No es un libro de cuentos ni de ensayos. No es un relato extenso. Es, simplemente, literatura. Una de las características de este libro, la mejor, es que no se puede separar la instrucción que ofrece y el deleite que da. (...) es lo que no suelen ser muchos libros: es un libro inteligente y por ende *sui generis*". Agréguese un volumen de artículos sobre la televisión: *La caja de pan duro* (Sevilla, Signatura, 2000); y, por cierto, el sabroso ensayo sobre su identidad culturalmente múltiple *Mi poncho es un kimono flamenco* (2005).

Como cuentista maduró en su segundo libro: *A Troya, Helena* (Bilbao, Los Libros de Hermes, 1993), conjunto en que ceden las fuentes tomadas de la historia, dando paso a una sensualidad desbordante y un humor que lo impregna todo, verdadero alarde de ingenio y de óptica cálidamente crítica (a la vez, indulgente) ante la "comedia humana". Esas cualidades se despliegan todavía más en un conjunto de narraciones desenfadadamente eróticas que escribió "recién cumplidos los treinta" (es decir, en 1991) bajo el título original de *Fricciones* (sugiriendo los arrumacos sexuales); con él pensaba adaptarse a las exigencias de una colección de una editorial, pero —felizmente, porque es un autor con sus propias necesidades expresivas, y no un mero escribidor de oficio— se dejó llevar por su personalísimo estilo e imaginación:

> ...una editorial me pidió este libro para su colección de literatura erótica, mas como descubrieron que aquí se hacía el humor más que el amor, me quedé como aquel malpensado a quien la familia organizó una fiesta sorpresa en la intimidad del apartamento de su secretaria: solo, desnudo y con una tarta de cumpleaños.

Citemos nuevamente a Iwasaki:

> ...estos relatos entonces me parecieron eróticos. (...) Uno cuando es joven tiende a confundir el erotismo con la sexualidad. Al erotismo le basta con la fantasía, el deseo y la imaginación (ese es el quid de la cuestión); mientras que la sexualidad requiere pareja, espacio y una mínima parafernalia (es el kit de la cuestión).

De ese material erótico-sexual desgajó los textos ambientados en la Colonia, basados en casos que Iwasaki había investigado como historiador: *Inquisiciones peruanas* (*Donde se trata en forma breve y compendiosa de los negocios, embustes, artes y donosuras con que el demonio inficiona las mentes de incautos y mamacallos)* (Sevilla, Editores y Libreros, 1994; segunda edición ampliada, con el prólogo de Mario Vargas Llosa: Lima, PEISA, 1996, reeditada en: Sevilla, Renacimiento, 1997). Luego, apareció la novela corta *Mírame cuando te ame* (Lima, PEISA, 2005) y, finalmente, todo el material restante (que incluye la novela corta adelantada en 2005) en *Helarte de amar (y otras historias de ciencia-fricción)* (Madrid, Páginas de Espuma, 2006), con la aclaración: "no es una colección de cuentos eróticos, sino un atajo de disparates sexuales. Un libro de ciencia-fricción".

De otro lado, espigó cuentos de sus dos primeros volúmenes (*Tres noches de corbata* y *A Troya, Helena*) añadiendo un cuento inédito y publicó un libro que facilitó su reconocimiento internacional como uno de los mejores cuentistas hispanoamericanos surgidos en los años 80 y 90: *Un milagro informal* (Madrid, Alfaguara, 2003). Ahí recogió, también, la pequeña obra maestra con que ganó el primer premio del Copé de 1988: "El derby de los penúltimos". En ese formidable cuento ficcionaliza la vida de un escritor peruano injustamente olvidado, Félix del Valle (al que reivindica en uno de los ensayos de *El descubrimiento de España*): frente a su mala fama de cobarde, lo muestra capaz de un acto de coraje que tiene como testigo a Borges, sirviéndole de inspiración para su famoso cuento "El sur".

En un alarde de concentración verbal y poder sugestivo, Iwasaki ha cultivado el cuento brevísimo o microcuento: *Ajuar funerario* (Madrid, Páginas de Espuma, 2004), textos de una página o media página pertenecientes al relato de horror (asunto que nos recuerda su gusto infantil por las historias que dan miedo: el cuento "Tres noches de corbata" y el primer capítulo de *Libro de mal amor*), propensos al humor negro o macabro.

Como plantearemos luego, la aparición de *Libro de mal amor* (Barcelona, RBA Libros S.A., 2001) supuso su debut como novelista, aunque labrando cada capítulo como si fueran cuentos (episodios con autonomía). A esa novela del sentimentalismo amoroso, centrada en el erotismo y no en la sexualidad (recordemos la diferencia citada arriba), le siguió una novela sobre el dolor de muelas y la carnicería que era la curación (frecuentemente, extracción) de dientes en los siglos XVI-XVII: *Neguijón* (Madrid, Alfaguara, 2005). El título lo da el nombre del gusano que creían anidaba en las encías y corroía la dentadura. La trama traza "un recorrido imaginario por España y América en los tiempos del Quijote", con la participación de Miguel de Cervantes como personaje, aludiendo a la gestación del Quijote (véase un guiño de homenaje en que *Neguijón* se publicó en el cuatricentenario de la primera edición de la novela de Cervantes), así como conectó su cuento "El derby de los penúltimos" con la creación borgiana de "El sur". Resulta admirable la destreza verbal para narrar, con humor grotesco (en la estela de Quevedo de los

Sueños), la carnicería desatada en pos del neguijón en las mandíbulas de un sufrido paciente, rodeado de un clima cultural de aceptación del sufrimiento como penitencia cristiana (temas del imaginario religioso que Iwasaki estudia en sus trabajos sobre la Lima virreinal).

3. Contexto y configuración de *Libro de mal amor*

3.1. La Generación del 80 y el Post-Boom

Fernando Iwasaki pertenece a lo que en las letras peruanas se ha dado en denominar Generación del 80, atendiendo al marco histórico que trajo en 1980 la vuelta de la democracia (el segundo gobierno de Fernando Belaunde Terry, seguido en 1985 por el primer gobierno de Alan García) y el inicio de la "guerra popular" (una escalada terrorista) desatada por el Partido Comunista "Sendero Luminoso", secundado en las actividades terroristas por el MRTA (Movimiento Revolucionario Túpac Amaru), a la que respondió la represión antisubversiva (con mucho de "guerra sucia") a cargo de las Fuerzas Armadas y Policiales. Una violencia desenfrenada que no supieron detener los gobiernos democráticos de entonces, incapaces también ante el crecimiento de la inflación (que devino en hiperinflación con Alan García), el narcotráfico y la corrupción. Todo ello insensibilizó a la población, ya nada llamaba la atención al borde del abismo político, económico y moral. Un costo sumamente grave: el desgaste de nociones otrora respetables, tales como "orden", "legalidad", "revolución" y "justicia".

Repárese que, a ojos de los jóvenes de los años 80, había fracasado en la década anterior el reformismo del general Juan Velasco Alvarado; y, en los convulsos años 80, decepcionaban los gobiernos democráticos (plenamente inserto en el sistema capitalista, el de Belaunde Terry; con demagógicas medidas "nacionalistas" o "estatizantes", pero capitalistas al fin y al cabo no obstante sus declaraciones "antiimperialistas" o "tercermundistas", el de Alan García), desprestigiando a los partidos políticos de modo tal que a partir de 1990 el que pretende gobernar el Perú se presenta como "independiente". Añádase que la actividad de los grupos subversivos desnaturalizó la fuerza del pueblo para movilizarse (en todo el decenio no hubo nada parecido a los exitosos Paros Nacionales de 1977 y 1979), haciendo que la opinión pública descalificase sin más las opciones izquierdistas; a lo que se sumó a fines de los años 80 el descalabro del "mundo comunista" con la caída de la Unión Soviética, la destrucción del muro de Berlín, etc. Parecía el "fin" de las utopías revolucionarias. Ideológicamente, en ese contexto triunfó la teorización de la posmodernidad, declarando el final de la modernidad con sus ilusiones en el Progreso (ámbito capitalista) o en la Revolución (ámbito de izquierda: socialismo, anarquismo, etc.), implantando un escepticismo o un relativismo desencantado.

Precisamente, en su muestra *En el camino (Nuevos cuentistas peruanos)*, Guillermo Niño de Guzmán (narrador destacado de la Generación del 80) en 1986 califica a la nueva hornada de narradores como "una generación del desencanto". Aclaremos que voces significativas del 80 enarbolaron una óptica afirmativa y esperanzada frente al "desencanto"; pensemos en Cronwell Jara, Óscar Colchado, Hildebrando Pérez Huaranca, Julián Pérez, Arnaldo Panaifo, Pilar Dughi, Luis Nieto Degregori y Dante Castro Arrasco, entre otros, aparte de poetas de la Generación del 60 que se revelaron como dotados narradores en los años 80: César Calvo, Luis Enrique Tord y Róger Rumrrill.

Entre unos y otros, Iwasaki esgrime una mirada burlescamente cuestionadora, con un desencanto atenuado por su vitalismo enamorado de la condición humana y por su apuesta a favor del neoliberalismo que difunda la "modernidad" en el Perú bajo los beneficios (más que perjuicios, según su perspectiva) de la "globalización", asumiendo (sin estereotipos indigenistas, tampoco hispanistas) nuestra pertenencia a la cultura occidental bajo nuestra peculiaridad nacida del mestizaje.

Al respecto, resulta revelador que le interese lo que Alejo Carpentier llamó "lo real maravilloso americano" (el pensamiento mítico-mágico de las culturas aborígenes de América, más el aporte africano y el imaginario maravilloso que trajeron los españoles), pero no para aferrarse a la "visión de los vencidos" o al "Perú profundo" como ocurre en los herederos de Ciro Alegría, José María Arguedas, Eleodoro Vargas Vicuña, Juan Rulfo, Miguel Ángel Asturias y Gabriel García Márquez, es decir, Cronwell Jara, Colchado, Calvo, Rumrrill, Panaifo y Tord (y voces surgidas en los años 60 y 70 que publican narraciones relevantes en los años 80 y 90: Edgardo Rivera Martínez, Laura Riesco, Gregorio Martínez, Juan Morillo Ganoza, Eduardo González Viaña y en parte el caudaloso Miguel Gutiérrez).

En concordancia con sus estudios como historiador, aborda lo "real-maravilloso" como construcción cultural del imaginario colectivo. Y así como Borges aclaró que estimaba las ideas religiosas y filosóficas (asimiladas en sus cuentos, poemas y ensayos) no por su pretensión de verdad, sino "por su valor estético y aun por lo que encierran de singular y de maravilloso" (*Otras inquisiciones*); Iwasaki elige el material histórico y mítico-maravilloso de sus ficciones (en particular, eso acaece en *Tres noches de corbata* y *Neguijón*) con criterios estéticos, sopesando su potencial para tramas cautivantes. Estamos en el polo opuesto de Luis Enrique Tord, quien en los años 80 acuñó una modalidad narrativa original y única (la hemos apelado "indagaciones" en nuestros trabajos críticos) que, a partir de una documentación sólida y un tono de informe académico, anhela *iluminar* verdades *esenciales* o *ideales*, dilucidando cuestiones cruciales de nuestro sincretismo cultural (véase los cuentos de *Oro de Pachacamac*, 1985, y *Espejo de constelaciones*, 1991, más la novela *Sol de los soles*, 1988). A su vez, de modo más libre en la base histórica, Cronwell Jara se yergue como el narrador de los años 80 que mejor ha retratado todas las sangres del Perú.

Lo que pasa es que Iwasaki es tal vez el escritor peruano de los 80 en el que cuajan con mayor nitidez los rasgos del "Post-Boom", postura creadora que se perfila a fines de los 60 (por ejemplo, en Manuel Puig) y cristaliza a lo largo de los años 70 y 80, en la misma medida que va diluyéndose la eclosión creadora del "Boom" (su centro fueron los años 60) con su anhelo de la "novela total", su confianza en el poder de la literatura para cambiar la mentalidad colectiva y favorecer la transformación revolucionaria, su virtuosismo en el uso de complejas técnicas narrativas y su actitud de ciudadanos comprometidos como "testigos morales" a opinar sobre el contexto sociopolítico. Ejemplo privilegiado del "Boom", Mario Vargas Llosa. Gran exponente peruano del "Post-Boom", Alfredo Bryce Echenique, con el que Iwasaki comparte el humor cálido y vital (con su dosis de mirada tierna e indulgente, aspecto más acusado en Bryce que en Iwasaki), el ingenio para reelaborar referentes a la vez cultos (la gran literatura, por ejemplo) y populares (boleros, valses, baladas, figuras del celuloide, etc.) y, por cierto, la narrativa "sentimental" que con claros materiales autobiográficos desnuda fracasos amorosos sin temor al ridículo de confesar los extremos a que se llega por amor (punto capital en *Libro de mal amor*, que narra el "ridiculum vitae amoroso" de un personaje con marcas fuertemente autobiográficas). Conviene precisar que, a nivel de estilo, Iwasaki se aparta del gusto bryceano por las digresiones, reiteraciones y, en fin, la abundancia verbal; veremos en seguida su aprendizaje en la prosa precisa y pulida, concentrada, de Borges y Cabrera Infante.

3.2. Maestros principales

Borges, el autor del que se citan más ideas y tramas (aparte de proporcionar uno de lo epígrafes que presiden el volumen) en *Libro de mal amor*, de una presencia constante en varios libros de Iwasaki, es el maestro literario más importante de nuestro escritor en varios puntos fundamentales:

a. Labrar una prosa esmerada, de gran destreza verbal, precisa y expresiva. b. Imaginar tramas ingeniosas, con múltiples referencias culturales, juntando la lucidez con el placer estético. c. El mencionado interés literario ("valor estético" y "lo que encierran de singular y de maravilloso" sirviendo de acicate a la imaginación narrativa) en los asuntos elegidos para sus argumentos, con un gusto compartido por las mitologías y hazañas. d. Predilección por la brevedad, llegando al cultivo del microcuento (lo que hace Iwasaki en *Ajuar funerario*). e. Juzgar a todos los códigos culturales (religiosos y artísticos, pero también filosóficos, lógicos, científicos, etc.) como "ficciones", en tanto el ser humano no conoce nada a ciencia cierta y en todo interviene el deseo y la imaginación condicionadas por los contextos históricos-culturales.

Al magisterio de Borges se suma, desde los primeros relatos de Iwasaki, la del también argentino Julio Cortázar, el cual tiene mucho en común con la literatura fantástica de Borges y acrecienta el factor lúdico existente en Borges (ahí sobresalen los "juegos de palabras" y las citas ingeniosas rehechas con resultados sorprendentes) y aporta características ausentes en Borges: sensualidad; introspección en las turbulencias del corazón; desdoblamientos y disfraces de la personalidad con contenido onírico-surrealista; interés por el contexto histórico y político (aunque adherido a la cosmovisión marxista, diversa del neoliberalismo de Vargas Llosa que asume Iwasaki); actitud de experimentación vanguardista que el gusto borgiano por lo intergenérico (cuentos con factores ensayísticos, ensayos con textura narrativa, poemas-ensayos) lo lleva al extremo, plasmando misceláneas de textos brevísimos o novelas donde el lenguaje es el protagonista (sobre todo, *Rayuela*); y la posibilidad de no confinarse al cultivo del microcuento y el cuento (a los que se ciñe Borges, tan despectivo con la novela), explorando el género novelístico con espíritu transgresor (lo que Morelli llama "antinovela" en *Rayuela*). Por su relevancia para *Libro de mal amor*, consignemos que el fracaso amoroso, abordado con pudor por Borges (y no en sus cuentos, sino en sus poemas), aparece en las narraciones de Cortázar, en especial el asedio (propenso al ridículo y al disparate) de Talita a cargo de Horacio en *Rayuela*.

En los años 90, con *A Troya, Helena, El descubrimiento de España* y los cuentos eróticos del proyectado *Fricciones*, cobra peso un maestro que ilustra, con mayor nitidez o radicalismo, las características que hemos apuntado al abordar las enseñanzas que Iwasaki aprendió en Cortázar, con la ventaja de que su postura ideológica está más cerca del neoliberalismo de Vargas Llosa e Iwasaki (aunque sea más excesivo en su aversión a las utopías izquierdistas, furibundamente enemigo de la Cuba de Fidel Castro): el notable escritor cubano Guillermo Cabrera Infante. Otro autor que le debía mucho a Borges, al igual que Cortázar, pero con una sensibilidad más sensual, apasionada, lúdica y dada a indignarse con el contexto histórico-político. El juego verbal y el protagonismo del lenguaje inundan todas sus páginas, no solo sus cuentos y novelas, sino sus textos sin límites entre el ensayo, las memorias y la trama novelesca (verbigracia, *Mea Cuba* y *Puro humo*). Un contacto central con *Libro de mal amor* lo hallamos en una de las obras más ambiciosas de Cabrera Infante: *La Habana para un infante difunto*, una novela de trasfondo autobiográfico donde prima la memoria sentimental y sexual de sus años infantiles y adolescentes, narrada con tono burlesco e irreverente, nostálgico y autoirónico.

Los tres maestros (además de la incidencia de la tradición peruana, desde el amante del legado histórico, Ricardo Palma, hasta el "posmoderno" Bryce Echenique) estimulan la óptica humorística que, con ingenio admirable, posee Iwasaki, haciendo gala de un dominio completo de la paleta humorística: ironía sutil, sarcasmo cálido, exageración grotesca hasta extremos hiperbólicos (una modalidad que remite hasta Francisco de Quevedo, detectable en cuentos como "Roch in the Andes" y "Helarte de amar", y la novela *Neguijón*), parodias corrosivas, carnavalización irreverente de los códigos culturales más respetados (religiosos, míticos, políticos, caballerescos, reglas del éxito social, pautas del "canon" de la fama, artes de amar, etc.) y carcajada limpia de quien se deja llevar por la alegría de existir.

Conviene vincular el humorismo de Iwasaki, de otro lado, con los grandes cómicos del cine, comenzando

Análisis de la obra

por los más geniales de la época muda, Charles Chaplin y Buster Keaton, tan dados al sentimentalismo amoroso provocado por damiselas inalcanzables, rasgo compartido con el más famoso actor cómico del cine latinoamericano: Mario Moreno "Cantinflas" (mencionado en el último episodio de *Libro de mal amor*). En el caso de *Libro de mal amor*, la semejanza mayor es con el humor autocrítico (de ribetes masoquistas, potencialmente neurótico) del norteamericano Woody Allen (citado en el episodio octavo, "Rebeca"): Francisca Noguerol Jiménez ha hecho notar que el anti-don Juan protagónico de *Libro de mal amor* "como el Zelig de Woody Allen, se torna camaleónico para seducir a las mujeres".

3.3. Del cuento a la novela

Habiendo dominado el cuento, Iwasaki acometió el género novelístico con *Libro de mal amor* (concluido en el verano de 2000), plasmando un texto intermedio entre el volumen de cuentos con un protagonista común (recurso empleado por Bryce Echenique en *Huerto cerrado*, 1968, y que posee antecedentes europeos y norteamericanos) y la novela propiamente dicha. Enfática, Noguerol Jiménez sentencia: "la colección de cuentos integrados —mal llamada novela— *Libro de mal amor*". Festivamente, Iwasaki le da la vuelta al mirador, al afirmar que es "una novela cuentada" (en Andrés Neuman, *Pequeñas resistencias.*

Antología del nuevo cuento español; Madrid, Páginas de Espuma, 2002).

Conforme precisa José Luis de la Fuente, estamos ante una novela episódica, lo cual permite que cada capítulo sea un episodio: una situación o una aventura independiente, sin conexión directa o necesaria con las acciones de los otros episodios (se puede leer aparte, como si fuera un cuento). El hilo novelesco reposa en que el protagonista es el mismo en todos los episodios; y, de otro lado, en que a veces, y no en todos los episodios, se menciona algún personaje (verbigracia, la tía Nati y el amigo Roberto) o sucesos de capítulos anteriores (el miedo del primer capítulo, por ejemplo), proporcionando en un momento crucial, casi siempre en el último episodio (lo que ocurre en *Libro de mal amor* por partida doble: el protagonista cuenta sus fracasos amorosos primero a sus amigos del cante flamenco y, en segundo término, a una muchacha que lo trata con compasión aunque luego huye de él) un resumen de las experiencias vividas a lo largo de toda la novela.

El principal modelo de novela episódica viene a ser la novela picaresca. En la picaresca, tenemos un mozo que sirve a diferentes amos, forzado por la necesidad de alimento y cobijo; en *Libro de mal amor*, un niño-púber-adolescente (las edades correspondientes a los pícaros) que se entrega a diversas amadas dispuesto a servirlas (amadas que quiere sean sus amas, soñando con que terminen amándolo), forzado por la pasión amorosa. Además el tono de la picaresca es humorístico. Añádase que, en el forjador del género picaresco, el *Lazarillo de Tormes*, el protagonista está contando su "fortuna y adversidades" al amo que ha conseguido al final de sus andanzas; y, entre líneas, *Libro de mal amor* sugiere que la muchacha "guapísima" a la que el protagonista confía sus desventuras amorosas al final de la novela (nótese que huye pero el protagonista decide seguirla y no perderla, "para una vez en la vida que me había atrevido a decir la verdad") es una ficcionalización de la joven que conoció en Sevilla y sería su esposa, en tanto a ella le dedica *Libro de mal amor* con palabras reveladoras: "A Marle, que era inalcanzable y se dejó alcanzar". Es decir, con Marle acabaron sus fracasos amorosos; por fin, el amor correspondido, el Buen Amor.

Formado en el culto borgiano y cortazariano (Cortázar sostuvo que una novela se suele ganar por puntos, mientras que en un cuento logrado hay que ganar por *knock-out*) del cuento como manifestación rigurosa y perfecta del arte de narrar, sin los momentos débiles o de relleno de la novela (concepción endeudada con las teorizaciones del cuento formuladas por el norteamericano Edgar Allan Poe y el uruguayo Horacio Quiroga, en el Perú aplicadas por los estudiosos a Julio Ramón Ribeyro), Iwasaki era consciente del problema de pasar del cuento a la novela, artísticamente hablando:

> *...estos años de creación rápida y comida literaria me sugieren símiles alimenticios (en lugar del boxístico propuesto por Cortázar): la novela puede ser poco hecha y el cuento debe estar bien cocido. La novela siempre engorda y el relato suele tener las calorías justas. La novela una vez abierta aguanta muy bien en la nevera y el cuento tiene que consumirse de inmediato. (...) La novela quita el hambre y el cuento abre el apetito.*
>
> ("Por qué escribo relatos o para cuándo novela", prólogo a *Un milagro informal*).

Una estupenda solución es la novela episódica (en el caso de *Neguijón*, el montaje de dos tiempos paralelos, recurso que, de modo concentrado, emplean Borges y Cortázar en algunos de sus cuentos).

3.4. Mal de amores

Los títulos de los libros de Iwasaki rehacen ingeniosamente, con felices resultados expresivos (adecuados al contenido del volumen), títulos famosos o, en su defecto, expresiones consagradas de la cultura universal: *Tres noches de corbata y otras noches*, la celebérrima *Las mil y una noches* (el miedo explica que, conforme una expresión grosera del lenguaje familiar, los testículos se le hayan subido a la garganta, como si los tuviera de corbata). *A Troya, Helena*, imágenes de *La Ilíada*, adquiriendo un sentido desaforadamente sexual. *Inquisiciones peruanas* remite a *Tradiciones peruanas* de Ricardo Palma y, a la vez, a *Inquisiciones* y *Otras inquisiciones* de Borges, nexo reforzado porque brotaron de un material erótico titulado primero *Fricciones* (jugando con las *Ficciones* de Borges). *El sentimiento trágico de la Liga*, al ensayo *El sentimiento trágico de la vida* del filósofo y creador literario español Miguel de Unamuno. *El descubrimiento de España* da la vuelta al llamado Descubrimiento de América. *La caja de pan duro* nos sugiere la caja de Pandora que, en la mitología griega, contiene todos los males y un solo bien, la esperanza. *Ajuar funerario* en vez del consabido ajuar matrimonial. *Helarte de amar* juega con el clásico *El arte de amar* de Ovidio y/o el difundido *El arte de amar* de Erich Fromm.

En lo tocante a *Libro de mal amor* la referencia es *Libro de buen amor*, obra misceláncia en verso, en su mayor parte narrativa (hay pasajes breves con canciones líricas), que compuso el más grande poeta español de la Edad Media: Juan Ruiz, el Arcipreste de Hita (siglo XIV). Los epígrafes al frente de los diez episodios de *Libro de mal amor* proceden del Arcipreste de Hita, subrayando el vínculo propuesto en el título de modo tal que los versos medievales enfocan el tema desarrollado en cada capítulo. Detallemos los principales puntos en común con el poema medieval:

a. En su mayor parte, *Libro de buen amor* es una narración de base autobiográfica, aunque con cierta dosis de ficción. El protagonista de *Libro de mal amor* tiene un apellido japonés y el segundo es Cauti (lo explicita así el octavo episodio, "Rebeca"); se retrata algo bajo (igual que Juan Ruiz), feúcho y de pelo negro y frecuenta ambientes (Playa Hondable, Universidad Católica, la Academia Trener rebautizada como Trena, o sea 'cárcel', Sevilla) por los mismos años que lo hacía Fernando Iwasaki Cauti.

b. Su tono es humorístico y burlesco, irreverente. Es un antecedente de la novela picaresca (también admite la separación en episodios y lances diversos), a la vez que su personaje Trotaconventos anticipa a la Celestina (punto de partida de otra modalidad burlesca y sensual, protagonizada por alcahuetes y prostitutas: la novela celestinesca, la cual floreció en la primera mitad del siglo XVI, antes que se publique *Lazarillo de Tormes*). El humor de Juan Ruiz, como el de Iwasaki, implica un afán de disfrutar la vida sin tasa.

c. Respira sensualidad, actitud hedonista ante los placeres del mundo, particularmente los deleites sexuales. Iwasaki subraya lo sentimental del amor, pero no excluye el anhelo sexual (recuérdese cómo se "afrancesa", o sea se excita sexualmente, escandalizando a la devota Camille en el quinto episodio). La procacidad sexual la pone en boca de españoles del pueblo, compatriotas del Arcipreste de Hita: los amigos del cante flamenco, en el último episodio.

d. Al comienzo, el Arcipreste fracasa en sus afanes eróticos, hasta que, aconsejado por don Amor y

[245]

doña Venus, recurre a la alcahueta Trotaconventos y hace caso de los consejos de Ovidio en *El arte de amar*. *Libro de mal amor* aborda los fracasos amorosos de quien recién encuentra el amor correspondido al final; el material de relaciones sexuales es desarrollado en *Helarte de amar*. Aquí consignemos la base autobiográfica de los fracasos sentimentales de Iwasaki, echando mano a cómo rememora sus declaraciones de amor cuando era adolescente:

> *Una de mis ridículas ensoñaciones adolescentes consistía en suponer que era capaz de conquistar cantando a las chicas que me gustaban (...) Qué complicado era declararse, balbucear las frases esenciales sin demasiados tropiezos, dar con el tono apropiado y sostener la mirada precisa, ni imperativa ni suplicante, ni pícara ni solemne. Acaso para ello servían las canciones —pensaba— (...) Varios años más tarde acepté mansamente su ineficiencia, porque el espíritu de la propias baladas españolas terminó inmunizándome contra la angustia y otros achaques del corazón.*
>
> (*El descubrimiento de España*, pp. 63-65).

Lo curioso es cómo en la ficción, en el último episodio de *Libro de mal amor*, una serenata ranchera sí logra ser eficaz como declaración de amor; lo terrible es que la relación participa del esquema ranchero:

la amada tiene un novio que, por dinero, se queda con ella.

Pero volvamos al Arcipreste de Hita: contrapone el *buen amor*, procedente de Dios, que nos conduce por la senda de las virtudes cristianas hacia nuestro destino trascendente; y el *loco amor*, que se queda en el goce sensorial y nos aparta de la gracia divina (es este loco amor el que ocupa la mayoría de las páginas del jocundo poema). Iwasaki prefiere hablar de *mal amor*, por dos razones: 1. Aunque es sensual como el "loco amor" no se queda en el componente sexual (aunque no lo excluye), sino que privilegia el componente sentimental impregnado de idealización de la amada (legado platónico-cortés medieval-romántico) eso sí "locamente" suscitado por la multiplicidad de amadas y no por una sola dama a la que se ama a primera vista y para siempre (lo cual le va a suceder recién con la que persigue al final: su futura esposa). 2. Se trata de las tribulaciones o padecimientos que causa el amor sentimental, ese "mal de amores" descrito como un trastorno o una enfermedad desde los poetas griegos hasta García Márquez (*El amor en los tiempos del cólera, Del amor y otros demonios,* etc.).

Aquí recordemos que una de las codificaciones literarias que más idealiza el sufrimiento causado por el sentimiento amoroso es la pastoril o bucólica. Notemos que Iwasaki cita (en la Justificación de inexistencia o Prólogo) versos de la Égloga VIII de

Virgilio, siendo las églogas o bucólicas del romano diez (el número perfecto pitagórico al ser la suma de los cuatro primeros números, también lo usa Dante como 1 + 9) y diez son los episodios de *Libro de mal amor*. En el Proemio, además, Iwasaki se apropia de uno de los versos más famosos de la Égloga I de Garcilaso: "¡Oh, más dura que mármol a mis quejas!". En el episodio sexto ("Alejandra") presenta "una legión de salicias chicas y nemorosos muchachos", remitiendo a los pastores Salicio y Nemoroso de la citada Égloga I de Garcilaso. De otro lado, en el primer episodio, cada muchacho está enamorado de una muchacha que lo está de otro: enredo de pasiones no correspondidas, a la manera de las novelas pastoriles, verbigracia *La Galatea* de Cervantes.

3.5. Organización de los episodios

Además del valor casi autónomo —como cuentos de factura impecable, que ganan por *knock-out* en el arte de narrar— de los diez episodios, existe un sutil hilo conductor en *Libro de mal amor*. Revísese el esquema que brindamos de aspectos centrales de cada capítulo (prueba de un trabajo consciente de estructuración y conexión de temas, símbolos y referencias), para constatar que, en los dos capítulos dedicados a la infancia, el protagonista se enamora de muchachas algo mayores que él, y que acuden a él para desahogar su carga tanática o violenta (por el miedo y por el desengaño amoroso, en uno y otro caso). Interesa que el protagonista posea el don de narrar y fabular (la vocación literaria del ser humano real Fernando Iwasaki); y que, por agradar a Taís, ya comienza el itinerario de aparentar ser lo que no se es, en este caso un deportista (y de una disciplina que resulta ridícula para el machismo peruano, en tanto que el vóley se juzga "femenino").

Los episodios III-V, correspondientes ya al adolescente estudiante universitario y, a la vez, profesor de una academia de preparación para el ingreso a universidades (la vive como una "cárcel de amor"), enfocan ideales propios del espíritu adolescente no amarrado todavía a las convenciones prácticas del "contrato social" de la civilización capitalista: el ideal revolucionario de la izquierda política (episodio III); la vocación artística en pugna con una carrera utilitaria (episodio IV); y la vocación religiosa (episodio V).

Los dos episodios siguientes, ubicados todavía en la adolescencia de un profesor de academia, pueden conectarse con los dos primeros en tanto abordan factores nada ideales, ligados a las exigencias del reconocimiento en la sociedad establecida: estar a la moda (que es, simultáneamente, un ejercicio físico como lo era el vóley: el patinaje del episodio VI) y cumplir con el aparato mundano (cual un rito de maduración de las adolescentes, casi un simulacro de lo que será la fiesta matrimonial) del baile de Promoción al acabar la educación secundaria (episodio VII). Como en los dos primeros episodios, el protagonista se queda en los preliminares del acercamiento amoroso, mientras que en los episodios III-IV y en los tres últimos sí frecuenta a la amada y se dedica esforzadamente a comportarse de acuerdo con lo que le interesa a ella.

En lo tocante a los tres últimos episodios, las amadas encarnan herencias culturales extranjeras (la judía del episodio VIII, la descendiente de rusas con refinamiento francés y cosmopolita del episodio IX) hasta literalmente tratarse de una extranjera (la mexicana admiradora de la España antifranquista, en el episodio último) que conoce siendo becario en Sevilla (los episodios VIII y IX todavía acaecen en Lima, ya sea en la academia, ya sea en la Universidad Católica). La judía conlleva el padecimiento del racismo y juegos de naturaleza masoquista; la heredera de patrones ruso-franceses, la elegancia parasitaria de la clase oligárquica y el narcisismo-sadismo de la bella idealizada por el "amor cortés" (*la belle dame sans merci*); y la mexicana, una mezcla contradictoria de postura izquierdista y sometimiento al machismo (aquí el macho más poderoso no es el más fuerte o el mejor peleador, sino el más rico).

Estas apreciaciones prueban que el humor de Iwasaki es muy incisivo al retratar la naturaleza humana y las normas sociales, incluyendo las identidades culturales. Especialmente se burla de cómo el amor se deja atraer por personas que cumplen ciertos requisitos físicos (altas, rubias y hermosas), psíquicos (personalidad dominante, cuando no aspecto melancólico) y socioeconómicos (clase social, moda, colonia o grupo); y casi nunca por las cualidades éticas y la capacidad para amar del ser elegido. En lo relativo al frustrado protagonista, la lección llega al final: "finalmente comprendí por qué las mujeres jamás me habían hecho caso: porque siempre quise ser lo que no era o nunca sería".

No llega a ser propiamente una "novela de aprendizaje", género forjado por escritores alemanes a comienzos del siglo XIX (ahí se sitúa, en Francia, la *Educación sentimental* de Flaubert y *En busca del tiempo perdido* de Proust). Más en la senda del Arcipreste de Hita y la picaresca, es el recuento de unas "memorias sentimentales" (no sexuales como son las del italiano Casanova, o las que ficcionaliza el español Valle-Inclán en sus *Sonatas*) de un anti-don Juan (que termina en Sevilla, ciudad del famoso Juan Tenorio, el burlador de Sevilla) porque es "conquistable" y no "conquistador", consagrado quijotescamente (influido por libros, canciones y películas) a buscar dulcineas (mundo irreal) en la imperfecta realidad.

Episodio	Año	Edad del protagonista	Lugar
Carmen	1971 - verano 1972 - verano 1973 - verano	9 años 10 años 11 años	Playa Hondable (balneario al norte de Lima cerca de Ancón)
Taís	1975-1977	13-15 años	Colegio Casa de fiesta
Carolina	1978	16 años	Universidad Católica (cachimbo)
Alicia	1979 - verano	17 años	Academia Trena
Camille	1979	18 años	Academia Trena Costa Verde Parroquia
Alejandra	1980	19 años	Academia Trena Pista de patinaje
Ana Lucía	1981	20 años	Academia Trena
Rebeca	1982 - verano	20 años	Academia Trena Locales judíos
Ninotchka	¿1983?	¿21-22 años?	Universidad Católica (especialidad de Historia)
Itzel	De mediados de 1984 a la Semana Santa de 1985	23 años	Sevilla

Ocupación o nacionalidad	Principales referencias literarias y culturales
Primeras atracciones y fracasos. Marisol. Se enamora de Carmen: usa el miedo para tenerla cerca.	Dante (*Vida nueva*) Bailes populares. Cine: *El exorcista*. Relatos de terror.
Deporte: vóley.	Mitología: Atalanta.
Política: ideal revolucionario.	Retórica y tejemaneje político.
Ballet.	Personaje maravilloso: sílfide.
Vocación religiosa.	Censura religiosa. Estereotipos culturales de Francia: sexualidad y revolución. Valle-Inclán: *Sonata de primavera*.
Moda (patinar).	Cine: *Roller Boogie*. *Don Quijote de la Mancha*.
Baile de promoción.	*La Cartuja de Parma* de Stendhal.
Colonia judía.	Woody Allen y el humorismo judío. Marca histórica del holocausto judío. Nabokov y las nínfulas. Borges.
Narcisismo, elegancia y sadismo de una "belle dame sans merci" rusa.	Condesa Potocka en el París de Proust. Oligarquía peruana. Borges: Matilde Urbach. Personajes rusos de Tolstoi, Pasternak y Nabokov.
Mexicana ilustrada e izquierdista. Amigos del cante flamenco. Serenata mexicana.	Machismo mexicano y español. Triángulo amoroso. España del exilio. Amigos donjuanescos. Semana Santa: muere el mal amor y quizá va a resucitar (gloriosa vida del buen amor) con la joven que persigue al final.

[Índice]

ESTE LIBRO
SE TERMINÓ DE IMPRIMIR
EN EL MES DE OCTUBRE DE 2006
EN METROCOLOR S. A.,
LOS GORRIONES 350,
LIMA 9, PERÚ.